Sylvie Garoux

ON NE CUEILLE PAS LES FLEURS

Sylvie Garoux

ON NE CUEILLE PAS LES FLEURS

© 2025, Sylvie Garoux
ISBN : 978-2-3225-7348-6 - Dépôt légal : mars 2025

Édition : BoD · Books on Demand, 31 avenue Saint-Rémy, 57600 Forbach, bod@bod.fr
Impression : Libri Plureos GmbH, Friedensallee 273, 22763 Hamburg (Allemagne)

Le code de la propriété intellectuelle interdit les copies ou reproductions destinées à une utilisation collective. Toute représentation ou reproduction intégrale ou partielle faite par quelque procédé que ce soit, sans le consentement de l'auteur ou de ses ayants droit ou ayants cause, est illicite. Et, constitue une contrefaçon sanctionnée par les articles : L 335-2 et suivants, du Code de la propriété intellectuelle.

À ma fille,

« Après toutes ces années, je reste toujours autant bouleversée par un ciel d'été empli d'étoiles, attendant le signe d'une étoile filante, étendue sur l'herbe sommeillante. »

Septembre 2021

*« La vie se vit au jour le jour,
toujours pleine d'espoirs, de sens et d'amour,
convaincue que quelque chose de merveilleux peut arriver ! »*

Novembre 2021

1945 - Tout autour de moi des fleurs, c'est le printemps, j'ai oublié. Un tapis d'herbes hautes de chardons, du blanc des marguerites sauvages et du jaune des pissenlits m'entoure, mais à cet instant, j'ai mal et j'ai peur. Je me sens partir. Avant de mourir, je veux me souvenir.

J'entends la voix de ma mère… Je la revois dans la cuisine préparant le ragoût que nous affectionnions tant. Revêtue de son tablier à fleurs, elle s'activait autour de la cuisinière en fonte que mon père alimentait régulièrement en bois. Elle savait qu'elle allait nous faire plaisir à bien faire mijoter la viande et les légumes. L'odeur du plat embaumait toute la maison et nous faisait saliver d'avance.

JE ME SOUVIENS…

Moi, Mathieu, je viens d'un village du nord de la France, près d'Amiens, Gerberoy, un magnifique village picard pittoresque perché sur une petite colline dominant la campagne verdoyante. C'est une ancienne cité médiévale qui a été le théâtre de plusieurs guerres, dont la guerre de Cent Ans. J'ai grandi dans ce village aux jolies maisons de briques en torchis et à colombages et entouré de fortifications d'un ancien château féodal, de forêts et de bocages. Aussi loin que je me souvienne, j'ai toujours été heureux à Gerberoy. Il faut dire que c'était le lieu rêvé pour les enfants. Notre imaginaire était décuplé en parcourant la campagne et chevauchant des chevaux imaginaires à la poursuite d'assaillants tout aussi irréels. Tour à tour, nous nous imaginions être Guillaume le Conquérant pourchassant son frère. La camaraderie était importante à nos yeux.

Un jour de printemps de 1899, par une journée ensoleillée, mais fraîche, je vins au monde. Ma venue fut longue et éprouvante pour ma mère, mais elle m'avoua plus tard que ce jour fut néanmoins le plus heureux de sa vie. Bien qu'elle aimât mon frère et ma sœur, j'ai toujours senti que j'étais son préféré. J'étais un enfant plein de vie, cherchant par tous les moyens à faire plaisir à ses parents.

Tout petit et déjà polisson, j'appris à marcher tôt et à partir de ce moment, je cherchais à explorer la maison. J'échappais à la vigilance de ma mère et partais à la découverte de recoins dans le grenier, à la cave et je me rendais aussi, sur mes petites jambes, jusqu'aux abords de la route.

Ma mère avait peur que je m'aventure dans les ruelles du village, notamment vers la maison du guet d'où partent les « *Muches* », ces galeries souterraines qui parcourent le sous-sol du village et restent accessibles si elles ne sont pas verrouillées. Ma mère me rattrapait in extremis, grondait tendrement le « tchot » que j'étais, m'embrassait et me faisait promettre de ne pas recommencer mes explorations.

Je ne renonçais pas et devenu plus grand, je me rendais, après l'école, seul ou accompagné de mes camarades, au bord de la rivière, Le Thérain. Nous y bâtissions des petits barrages, à l'aide de fagots de bois, afin d'attraper des petites écrevisses. Je les ramenais à la maison et mon père, le soir venu, les rejetait à la rivière. Je ne supportais pas que l'on puisse les manger.

Dès les beaux jours, j'allais souvent avec mes camarades du côté de Lachapelle-sous-Gerberoy. À grandes enjambées, nous rejoignions la rue de la Motte. C'était à celui qui serait le plus rapide et le plus téméraire. Tels des gamins heureux savourant leur liberté, nous déambulions, caracolant sur des chevaux imaginaires, à la recherche d'aventures que nous pourrions raconter, dès le lendemain, à nos camarades d'école. Arrivés essoufflés à la petite écluse, nous enjambions le muret pour rejoindre la roue à eau. Là, c'était à celui qui s'en approcherait le plus. Nous aimions prendre des risques et montrer que nous n'avions peur de rien. Nous nous surnommions Vaillant, Conquérant, Courageux et j'en oublie. L'eau jaillissait tel un torrent mousseux et, à nos yeux, c'était un exploit de traverser l'écluse. Pendant plusieurs jours, nous pouvions nous en vanter ! Nous traversions le pont pour nous ébattre dans les champs et continuer nos aventures tout au long de la journée.

Plus grand, toujours attiré par les moulins à eau, je marchais jusqu'à Crillon avec Pierre, mon voisin, pour voir celui tout en briques rouges et avec ses planches en bois qui brassaient l'eau. Nous marchions longtemps pour y accéder, mais cela ne nous faisait pas peur. Nous étions attirés par la grande roue charriant l'eau du Thérain. Ne pouvant escalader l'écluse dont l'accès était bien plus dangereux, nous ne nous y attardions pas. L'eau qui s'y déversait emportait tout sur son passage.

Un jour, à vouloir jouer au plus malin, Pierre qui était plus âgé que moi avait échappé sa montre. Le soir, il s'était fait sévèrement réprimander par ses parents. Il était d'ailleurs resté puni de sortie durant un long mois. Je l'avais attendu patiemment et j'avais découvert la lecture et voyagé par la pensée avec les aventures extraordinaires de « *Vingt mille lieues sous les mers* » de Jules Verne. Quand la punition de Pierre a été levée, nous avons recommencé nos escapades en descendant vers la rivière à grandes enjambées, pour nager d'une rive à l'autre, heureux de nous rafraîchir et de jouer comme des gamins. La remontée vers la maison se faisait plus difficilement, nous étions éreintés, mais heureux !

Nous remontions par la Porte Notre-Dame et nous nous rendions sous les arcades de la halle où se tenait le marché couvert. Jusqu'à la fin de la journée, je racontais à Pierre les aventures des trois naufragés capturés par le capitaine Nemo qui parcourt le fond des mers à bord du Nautilus. Nous étions tous deux passionnés par cette histoire.

Bien que j'aimasse lire, l'école qui se trouvait à l'entrée du village ne me passionnait pas. Je m'y rendais pour retrouver mes camarades et surtout pour m'y amuser. J'étais pourtant un bon élève, même si pas toujours discipliné. Déjà tout jeune, je voulais travailler avec mon père sur les charpentes et les toits pour voir aussi loin que je le pouvais. Je me demandais ce qu'il pouvait bien y avoir au bout du chemin après la ligne d'horizon.

J'étais, je pense, un garçon solide sur lequel l'on pouvait toujours compter. Je ressemblais aussi beaucoup à mon père, je ne parlais pas beaucoup, mais j'étais doté d'une sensibilité qui plaisait à ma mère. J'étais un fils aimant et un véritable compagnon de jeux pour mon frère et ma sœur plus jeunes que moi.

RÉMINISCENCE

Plus tard, je rencontre Solange et j'ai tout ce qu'un jeune homme peut espérer, j'aime une jeune fille, « un joli brin de fille » comme on dit chez nous. Solange est jolie avec des traits gracieux, gironde, pétillante et drôle. Elle déborde de vie. Depuis son plus jeune âge, elle a une passion pour les fleurs. Dans ce temps-là, le village est déjà connu pour la beauté de ses rosiers et Solange affectionne particulièrement ces fleurs. En rentrant du travail, je m'empresse de lui en cueillir, à la dérobée. J'ai un métier que j'aime aussi, je commence à exercer le métier de charpentier comme je l'ai toujours voulu. À l'époque, c'est mon père qui m'a formé, car il était lui-même du métier comme mon grand-père avant lui.

Avec Solange, nous faisons la connaissance d'Henri, le peintre. Il est bien plus âgé que nous. Nous aimons bavarder avec lui, Solange apprécie beaucoup ses tableaux, elle aime s'installer sur la chaise longue à l'extérieur de son petit atelier d'été, comme il l'appelle, pendant qu'il peint. Le petit atelier est installé dans la roseraie de la magnifique bâtisse qui longe la Collégiale Saint-Pierre. Solange peut l'observer pendant des heures réaliser ses ébauches qu'il finalise ensuite dans son atelier d'hiver, à l'abri des regards.

Pour ma part, j'aime quand il me parle de son jardin paysager auquel il consacre toutes ses journées avec la peinture. Il lui tient à cœur et il le représente dans quasiment toutes ses toiles durant cette période.

Le village et les jardins du peintre sont un terrain propice à l'amour…

PREMIER AMOUR
1910 à 1917

Dans les années 1910, son magnifique et immense jardin d'inspiration italienne a déjà pris forme comme il le rêvait. Il nous raconte que ce lieu qui lui tient tellement à cœur représente pour lui désormais une mission de vie. Il a choisi d'organiser ce grand parc en jardins indépendants et en terrasses, reliés par des sentiers escarpés qui ondulent le long des arbres. Au détour des chemins, il plante des fleurs à foison. Se croisent ainsi, selon les saisons, des glycines, des hortensias, des clématites, des marguerites, des hydrangeas et des roses. Ce lieu nous semble enchanteur. Il fait notre bonheur et le sien de pouvoir partager sa passion avec nous !

Après avoir beaucoup voyagé, Henri s'est en effet installé à Gerberoy en 1903. Il a d'abord loué la maison, dépourvue de tout confort, et l'a achetée quelques années plus tard. Adossée à la Collégiale, la propriété ne comprend à l'origine qu'une maison et un potager. Henri a construit son atelier dans l'ancienne grange et au fil des années a acheté des parcelles. Il a ainsi créé trois jardins monochromes aménagés sur les ruines de l'ancien château féodal : le jardin blanc que nous adorons et que nous arpentons jusqu'au point de vue donnant sur les toits du village. La roseraie avec son petit atelier d'été et le jardin jaune et bleu où il a construit, avec des amis, le Temple de l'Amour. Il est fier de raconter que c'est la réplique de celui qui se trouve au Petit Trianon à

Versailles. Solange aime emprunter le petit chemin escarpé et s'y rendre. Elle admire le travail du peintre qui l'a lui-même dessiné. C'est une petite tour ornée d'une gloriette palissée de rosiers sarmenteux et rampants. Nous redescendons le petit chemin main dans la main, à l'abri des regards. À l'ombre du patio, sous les charmes ombragés, nous nous arrêtons et assis sur le banc de pierre, nous savourons le moment présent tout en échafaudant des projets pour l'avenir. Le calme du lieu nous envahit et le chant des oiseaux nous ravit. C'est le chant des grives musiciennes qui nichent dans les bosquets du jardin que nous préférons, nous tentons de les imiter, en vain. À l'aube de nos fiançailles, nous nous embrassons timidement avec Solange dans ce lieu propice à l'amour. L'angelot situé au milieu du Temple est le témoin de nos timides et sincères baisers.

Avant cela, Solange et moi grandissons côte à côte. Nous ne nous séparons jamais. Nous sommes liés tous les deux par un amour innocent et au fil des années, nous comprenons que notre amour devient plus fort. J'aime Solange pour sa beauté, son côté singulier de garçon manqué et son espièglerie. Ensemble et gamins, nous faisons les quatre cents coups.

En sortant de l'école, il nous arrive d'agiter la cloche des maisons et nous courons à en perdre haleine sur les rues pavées, cachés derrière un arbre ou bien sur le côté de la façade d'une maison qui s'apprête à connaître le même sort, juste pour voir la tête des habitants qui se demandent qui peut bien sonner la cloche. Nous faisons attention, car le maître habite la maison jouxtant l'école. Les maisons proches de l'école ne subissent jamais ce sort, par peur d'être surpris et punis. Tout n'est que jeux et taquineries. D'autres fois, nous parcourons la campagne et allons nous baigner au bord de la rivière.

En toute innocence, nous quittons nos vêtements et nous nous retrouvons chacun en culotte. Nous nous ébattons, dans l'eau, heureux de chaque moment passé ensemble.

Un été, alors que nous sommes en train de nous chamailler, nous roulons dans l'herbe et mes mains perçoivent les formes naissantes de Solange, à travers le tissu de sa robe. Elle n'est pas surprise et me dit d'un air mutin :

— Tu pensais que j'allais rester un garçon manqué toute ma vie ?

Sur ces paroles, elle éclate d'un rire cristallin qui me fait comprendre que j'en suis amoureux depuis le début. Les mois passent, je n'ose plus l'approcher vraiment, nous continuons à nous faire des farces, à courir à travers la campagne, mais en évitant tout contact physique.

Par la suite, nous n'allons plus nous baigner comme nous avons l'habitude de le faire. Nous avons compris inconsciemment que nous ne sommes plus des enfants. Nous nous arrêtons bien à la rivière pour y tremper nos pieds, mais cela s'arrête là. Nos parents respectifs deviennent suspicieux et je m'aperçois que Solange aide davantage sa mère aux travaux domestiques et que mon père m'invite régulièrement à monter sur les toits sur lesquels il travaille pour apprendre le métier.

Peu à peu, nous ne nous retrouvons qu'aux repas qui rassemblent les villageois lors des mariages ou des baptêmes. Nous échangeons des mots griffonnés que nous laissons dans la Collégiale sous une pierre dont le scellement a cédé près de l'autel. Nos petits mots sont empreints de tendresse et nous nous disons combien nous avons hâte de nous retrouver.

Un soir, je la retrouve au coin de l'épicerie du village. Mon père m'ayant prié d'aller chercher de la chicorée, je la vois avancer vers moi et tout mon corps frémit. Elle me manque et je songe alors qu'elle est vraiment jolie dans sa robe. Je ne peux m'empêcher de le lui dire en la croisant. Je lui saisis la main et lui dit :

— Solange, je t'aime toujours même si nos parents nous empêchent de nous voir. Tu es dans toutes mes pensées.

Comment ai-je pu lui dire tout ça ? C'est mon cœur qui a parlé pour moi. Elle aussi paraît surprise, elle me sourit et je deviens rouge de confusion. De m'entendre lui dire mes sentiments, cela lui procure, je le vois bien, une joie intense. Ses joues s'empourprent et ses yeux pétillent. Nous comprenons aussitôt que nous partageons les mêmes sentiments. Elle s'approche alors de moi et furtivement, elle dépose un baiser sur mes lèvres et ajoute :

— Moi aussi Mathieu, je t'aime depuis toujours.

Aussitôt, elle tourne les talons et repart en courant. Je l'aime, c'est une évidence et je l'aime depuis le début. Je suis le plus heureux. *Quand l'ai-je rencontrée pour la première fois ? Est-ce sur les bancs de l'école ? Au détour d'un chemin ? Je ne m'en rappelle pas.*

Jusqu'à nos seize ans, en 1915, nous ne manquons pas de nous retrouver en cachette. Henri le peintre a deviné qu'il se passe quelque chose entre nous et l'artiste nous permet souvent de nous retrouver chez lui, à l'abri des regards, dans les allées du domaine.

Nous attendons d'être au Temple de l'Amour et nous nous embrassons tendrement. Nous osons quelques caresses chastes et je me souviens que sa peau est douce. Nous nous promettons de nous marier dès que nous aurons atteint notre majorité. Cela nous semble encore loin, mais nous sommes sûrs de nous. Cependant, plus les mois passent, plus nous sommes impatients et nous projetons déjà d'avoir des enfants après nous être unis à la Collégiale Saint-Pierre.

C'est ainsi qu'en 1917, par une belle journée d'été, nous nous fiançons, nous avons alors dix-huit ans chacun. Constatant nos rapprochements réguliers, nos familles avaient accepté que nous nous fiancions avant notre majorité. Je me souviens, nous nous sommes réunis avec nos familles et amis respectifs. Nous avons déjeuné à Milly-le-Thérain au bord de la rivière. Cela a été une journée inoubliable. Nous avons un peu dansé au son de l'accordéon. Jusqu'à présent, la guerre n'a pas facilité les moments festifs et ils se sont faits rares en soutien aux soldats sur le front. Des rêves plein la tête avec Solange, nous envisageons de souder notre union dès l'année suivante.

Nous sommes jeunes et quand nous envisageons de construire notre avenir, nous sommes alors pleins d'espoir jusqu'à ce que le rêve d'un bonheur à deux nous file entre les doigts.

LE NOUVEAU CONTINENT
1918 à 1919

Un soir en début d'année 1918, impatients de nous retrouver, nous unissons nos corps. Quelques jours avant, nous avons repéré une grange abandonnée non loin de la rivière. Solange me suit pour y pénétrer. Il y fait très sombre avec juste un peu de lumière dans notre dos qui vient de la porte entrebâillée. Nous bloquons soigneusement la porte derrière nous à l'aide d'une pierre. Je reste interdit, face à la lumière de la lucarne qui laisse filtrer un maigre filet lumineux pendant que Solange quitte ses vêtements. Le rai de lumière me laisse entrevoir son corps dénudé et je sens le désir monter en moi.

À même le foin, nous nous allongeons, nous nous regardons longuement dans les yeux avant d'oser nous toucher. Solange m'aide à enlever ma chemise et mon pantalon. Elle m'intimide Solange, nous sommes tous deux innocents et en quête d'un amour pur. Je prends l'initiative de l'embrasser passionnément et mes caresses se font plus insistantes. Solange se laisse faire en confiance, comme si elle attendait depuis longtemps déjà ce moment. Nous faisons l'amour simplement. Nous restons un long moment dans les bras l'un de l'autre, je me rappelle que nos deux cœurs battaient alors à l'unisson.

Nous devons désormais parler mariage à nos parents. Car Solange a très peur d'être enceinte avant de se marier. Elle serait alors la risée du village avec ses parents et cela je ne le veux pas, elle ne le mérite pas. Le mariage est convenu après avoir obtenu le consentement de nos parents respectifs, l'accord du curé et de la mairie.

Les parents de Solange ne sont pas pressés de marier leur fille, car ils prévoyaient de constituer au préalable sa dot. Ils préviennent mes parents que cette union les prend de court. Ils auraient préféré en effet que Solange continue à vivre chez eux, pour aider sa mère à la tenue de la maison. Devant l'évidence de notre amour, tout s'arrange heureusement. Nos parents décident alors que le mariage aura lieu au printemps prochain pour hâter les choses au cas où Solange serait enceinte. Ils ne peuvent nier notre amour. Tout à notre joie, nous avons plein de projets en tête, trouver une maison, la décorer. Solange projette de continuer la couture avec sa mère et de mon côté, je continue d'aider mon père.

Le mariage s'annonçant dans les mois à venir, nos parents nous laissent à nouveau un peu de liberté. Souvent, nous nous rendons à la rivière. Nous nous asseyons au bord de l'eau et nous nous embrassons. Quelquefois, mon ami Pierre, qui habite la maison voisine de mes parents, nous rejoint. Il nous fait part qu'il a hâte de rencontrer un joli brin de fille comme Solange. Nous sourions. Il nous dit que nous avons bien de la chance de nous être trouvés :
— Votre amour saute aux yeux.

D'autres fois, Solange vient me voir quand j'aide mon père sur les toits. Elle reste là à me regarder longuement. Ce n'est pas pour autant que mon père me libère. Nos parents ont accepté de nous marier, mais nous sentons bien que nous sommes surveillés. Nous le comprenons et d'ailleurs, nous évitons de nous retrouver seuls. Notre désir mutuel est bien trop fort et il n'est pas question que Solange attende un enfant avant notre mariage. Cela ne nous empêche pas de nous voir le dimanche avec nos familles. Les jours de la semaine, c'est Pierre mon ami qui fait office de chaperon et nous nous rendons à la rivière tous les trois.

Alors que nous nous baignons à la rivière, Solange, Pierre et moi, nous entendons les cloches de la Collégiale retentir au loin d'une manière inhabituelle. Nous comprenons aussitôt qu'il se passe quelque chose de grave dans le village. Nous nous rhabillons à la hâte, enfilons nos godillots et marchons d'un pas rapide, pour rejoindre le village en longeant la rue de la Motte.

Essoufflés, nous arpentons la route qui mène à la rue principale du village qui monte et est pavée. La main en visière, nous apercevons au loin une fumée épaisse qui s'élève lentement dans le ciel. Elle nous semble provenir de la Collégiale. Nous accélérons le pas.

Arrivés au niveau du puits, des hommes s'activent, ils sont en effervescence. Nous apprenons que c'est la ferme proche de la Collégiale qui est en flammes. Une longue chaîne humaine est en train de se former. Chacun à leur tour, les hommes se passent des seaux débordant d'eau. J'aperçois mon père. Il nous appelle, Pierre et moi, pour rejoindre la chaîne. Soudain, tout me semble irréel. Les flammes risquent d'embraser la Collégiale.

Le village, si calme d'habitude, est dans l'agitation, même si la remontée des seaux s'effectue dans un silence pesant. Plus haut dans le village, malgré les efforts sans relâche des hommes, la fumée devient de plus en plus épaisse. L'air est suffocant. Je demande à Solange qui est restée là, terrifiée, les bras ballants, comme sidérée, de rentrer chez elle et d'apporter de l'eau et du vin pour que les hommes trouvent du courage et du réconfort.

Je me tourne vers Pierre et lui fais signe de me suivre pour nous rapprocher du brasier. Je veux être au plus près de l'action. Il me semble que nous ferions avancer plus vite la chaîne. Avec le recul, c'est ma jeunesse qui me fait croire que je peux être plus rapide que la trentaine d'hommes qui s'active déjà dans le bas du village. Pierre me fait signe de la tête, il préfère rester là. Mon père ne voit pas mon envie d'un bon œil, mais je ne lui laisse pas le choix. Je m'élance et arrivé au contact de la chaleur des flammes, ma peau semble cuire et mes vêtements s'incruster dans ma chair, mais cela ne me fait nullement reculer.

Instinctivement, je m'insère dans la chaîne, j'attrape le seau que me tend mon voisin et de l'autre, je le tends au cafetier qui m'a suivi. Je ne sais pas combien de temps dure cet enchaînement de gestes répétitifs. Nous sommes tous recouverts de cendres incandescentes et trempés de sueur.

Je vois au loin Solange s'approcher des hommes et leur proposer de boire à l'aide d'un quart.

Ma belle Solange qui semble bouleversée par ce qui arrive et que je ne peux réconforter.

Mon regard se détourne de Solange quand j'entends au loin un cheval hennir longuement de détresse. Le cafetier me dit que c'est la jument ardennaise qui a mis bas. Je comprends qu'elle est prisonnière des flammes avec son poulain. Je ne peux résister. Ce cri de désespoir me fait tressaillir et je lâche aussitôt mon seau que je tends immédiatement au gars qui est sur ma droite en lui faisant comprendre de reprendre la chaîne avec le cafetier qui en reste abasourdi.

Avant d'entrer dans l'enceinte de la bâtisse en flammes, je rejoins Solange et lui demande de m'asperger entièrement d'eau. Les vieillards et les femmes restés sur le côté de la Collégiale m'observent et se signent. Pierre me crie de ne pas y aller. Je ne réfléchis pas. Je m'élance vers le porche de la ferme. Plus j'approche, plus l'air est irrespirable.

Plus bas, j'entends mon père crier désespérément mon prénom. Je ne me retourne pas, il me dissuaderait d'aller secourir la jument et son poulain. Je passe le porche, prends sur la gauche et entrouvre, tel un forcené, la grande porte de l'écurie. La chaleur me surprend et n'est nullement comparable à ce que j'ai ressenti plus tôt. Je me sens comme aspiré par les flammes. L'air est étouffant. Je tente de progresser à l'intérieur. Le feu s'est propagé et menace les stalles. L'écurie n'est pas bien grande. Je repère la jument à la robe alezan qui tourne sa tête dans ma direction. Elle se met à taper violemment le sol de son sabot.

Son poulain piétine aussi et se recroqueville apeuré sous le flanc de sa mère. Je contourne la jument, la flatte à l'encolure et la détache. J'attrape sa longe et celle de son petit. La jument renâcle, mais ne se fait pas prier même si elle hennit, sentant le danger. Elle tend le bout de son nez vers le poulain qui se met à la suivre docilement en restant au plus près d'elle.

Au moment d'ouvrir la porte de l'écurie et confiant sur le reste de la traversée qu'il me reste à parcourir, je ne vois qu'au dernier moment une poutre qui s'abat au sol en projetant violemment des étincelles incandescentes. J'ai juste le temps de faire un pas de côté et de les ressentir sur ma peau. La jument se cabre et tire affolée sur sa longe. J'ai du mal à maîtriser l'animal puissant et musclé et à protéger son petit. Le bruit du bois qui brûle et qui crépite est assourdissant, il claque et explose en flammèches. La fumée qui se dégage me fait suffoquer. Mes vêtements collent à nouveau à ma peau et me brûlent de manière lancinante. Je me retiens de crier. Des larmes affleurent aux coins de mes paupières. Au sol, çà et là, des cendres éparses, encore chaudes et fumantes qui ne demandent qu'à repartir au contact du moindre souffle d'air.

Je raccourcis rapidement la longe et contourne la poutre effondrée, non sans difficulté, pour ramener au calme la jument. Je jette un dernier regard et je remarque que l'écurie est quasiment envahie par la fumée et les flammes. Il était temps. J'arrive enfin devant le porche de la ferme et en ressort avec la jument qui avance tête baissée avec son petit collé à son flanc. La robe de la jument présente des brûlures éparses, mais elle ne semble pas s'en plaindre. Elle a protégé admirablement son petit. Mon père accourt et me serre dans ses bras. Il me secoue aussi. Il a eu peur, je le sens.

— Mais qu'est-ce qui t'a pris ? tu es fou !

Le fermier arrive à mes côtés, reconnaissant. Il prend la longe que je lui tends et s'éloigne avec la jument et son poulain, non sans un regard de remerciement.

En m'apercevant, Solange accourt et me donne à boire. Je dépose un baiser sur ses lèvres.
Je reprends aussitôt la chaîne qui s'est reformée, car l'incendie n'a pas faibli du côté de la ferme.
À mes côtés, mon père me regarde et me sourit. Je sens qu'il est fier de moi. Son regard en dit long. Je lui souris à mon tour. Les villageois me font un signe de la tête et ragaillardi, j'attrape le seau que me tend mon père pour le donner au journalier qui me dit :

— Toi, mon gars, tu n'as pas froid aux yeux !

La journée se termine, le feu est enfin maîtrisé. Seules des fumées tenaces et blanchâtres s'échappent à présent de la bâtisse défigurée. Dans quelques jours, les villageois proposeront au fermier leur aide pour reconstruire la partie détruite. Je sais que dans mon village, les villageois sont solidaires, ils s'entraident quand un des leurs est touché.

Mon père capte mon regard et me demande implicitement de rejoindre ma mère à la maison pour la rassurer. Il me dit que j'ai fait ma part pour la journée. Ma mère a en effet quitté le côté de la Collégiale lorsqu'elle m'a vu traverser le porche de la ferme pour aller secourir la jument. Elle n'a pas pu supporter de me voir aller au-devant du danger. Mon dos est tout endolori et je comprends qu'il est inutile de discuter. Je choisis d'obéir à mon père. Quand je rejoins ma mère, je la retrouve assise près de la cheminée, courbée, la tête entre les mains. Elle semble depuis un moment déjà attendre mon retour. D'un bond, elle me rejoint. Ses traits sont tirés, elle semble épuisée. Elle me serre affectueusement dans ses bras et me dit :

— Tu ne changeras donc jamais mon Tchot !

Au cours de l'année 1918, nous entendons parler d'une épidémie de grippe qui viendrait d'Espagne. Cela nous semble bien loin et nous ne sommes pas inquiets. Pourtant, la grippe en question n'est pas une simple grippe que l'on attrape en hiver et dont on se remet rapidement. On commence à entendre qu'elle se répand comme une traînée de poudre et qu'elle sévit déjà dans le monde entier.

À Gerberoy, nous pensons que nous ne sommes pas concernés. Ici, tout le monde se connaît. Cependant, les journaux disent que des milliers de personnes décèdent, depuis plusieurs mois, emportés par ce fléau.

En effet, la région semble par miracle épargnée. En début d'année, c'est un marchand ambulant qui s'écroule au milieu du chemin. Il a le temps de nous expliquer qu'il voyage, depuis Amiens, avec son chariot rempli de colifichets, de fils à coudre et de tissus. J'entends dire qu'il est fiévreux et qu'il ne faut surtout pas l'approcher. C'est le curé qui l'accueille pensant qu'il s'agit d'un simple refroidissement.

Plus tard dans la semaine, Solange se rend au presbytère en vue de notre mariage. Le vendredi qui suit sa visite, Solange me dit être fatiguée et elle se met à tousser. La fièvre la prend, elle se plaint de maux de tête qui ne la quittent pas. Le médecin vient la visiter plusieurs fois, mais il semble impuissant à faire baisser la fièvre. Solange continue de tousser. Elle ne s'alimente plus. Quand je vais la voir chez ses parents, elle me semble absente et la toux ne fait que redoubler. Elle ne veut pas que je l'approche. Elle pressent que ce qui lui arrive est grave.

Un soir, elle manque de s'étouffer, l'air lui manque. N'en pouvant plus de la voir souffrir, je ne peux m'empêcher de la prendre dans mes bras. Je la sens alors si frêle et si fragile. Je suis inquiet, je me pose des tas de questions, elle semble ne plus réagir à ma tendresse. En même temps, son corps semble si faible. Elle me dit de la laisser, qu'elle est très fatiguée et qu'elle veut s'allonger pour dormir. Je l'aide à s'étendre et je remarque que son visage a perdu toute couleur. À regret, je la quitte en lui envoyant du bout des doigts un baiser auquel elle répond par un léger sourire.

Le lendemain en début d'après-midi, je viens lui rendre visite. Sa mère me dit que Solange ne va pas fort. Le docteur est passé dans la matinée. D'un signe de la tête, je comprends que je peux monter la voir. J'entrouvre la porte, j'avance jusqu'à son lit. Mes pas grincent sur le plancher en bois, elle ouvre les yeux et me sourit. Son visage a pris une couleur jaune pâle, ses cheveux sont en bataille et une mèche poisseuse lui barre le front. En rabattant sa mèche derrière son oreille, elle me dit doucement :

— Je ne suis pas belle à voir. Si j'avais su que tu venais, j'aurais dit à maman de me coiffer.

Je ne sais quoi lui répondre. Je tire une vieille chaise à la paille pendante jusqu'à son lit et je lui tiens la main. Nous restons là sans rien dire, je la sens très fatiguée et je n'ose lui parler. Nous nous regardons et cela nous suffit. De temps en temps, ses yeux se ferment, elle respire difficilement. Elle me dit :

— Ne t'en va pas tout de suite, attends que je m'endorme. Tu veux bien ?

J'opine de la tête. Mes pensées vagabondent et je nous imagine vivre vieux, heureux, la maison remplie du rire de nos enfants. Je veux mener une vie tranquille et heureuse avec Solange.

Tout à mes pensées, mon regard se pose sur la petite commode en face du lit où repose Solange. Un des pieds semble avoir vrillé. Je me demande si Solange s'en est rendu compte. Cela n'a pas d'importance. Solange s'est assoupie, je serre délicatement sa main. Elle rouvre les yeux et me sourit timidement. Je lui dis :

— Tu te rappelles nos baignades à la rivière.

Elle acquiesce d'un mouvement de la tête. Je continue :

— On nageait à contre-courant jusqu'à en perdre haleine et pied. On restait à flotter près de la berge jusqu'à nous refroidir complètement pour décider enfin de nous étendre sur l'herbe fraîche. Je me rappelle les gouttelettes d'eau sur ton corps qui dévalaient lentement le long de tes hanches pour finir leur course dans l'herbe. Quelquefois à travers les branches des arbres, un rayon de soleil furtif nous aveuglait. Tu recouvrais tes yeux avec tes avant-bras repliés et moi, j'en profitais pour te regarder. J'observais le grain de ta peau fin et délicat. On restait là sans se parler écoutant le bruit de nos respirations respectives. Je peux bien te l'avouer maintenant, j'étais tout en émoi de nos deux corps si proches avec pour seul rempart, nos culottes en coton. Solange, tu te souviens ? j'aimais aller nager avec toi, être seul avec toi.

— Moi aussi Mathieu, dit Solange.

Sur ces quelques mots murmurés, Solange ferme les yeux. Les forces lui manquent. Elle semble ne pas pouvoir m'écouter davantage. Je reste à ses côtés et j'écoute sa respiration calme, mais sifflante.

Somnolent, je relève la tête, Solange dort d'un sommeil profond. Je remets la chaise à sa place et referme doucement la porte de la chambre derrière moi. Je retrouve la mère de Solange dans la cuisine, près de feu. Elle s'affaire auprès d'une marmite remplie de soupe fumante.

— Comment tu la trouves ?

— Elle est bien plus fatiguée qu'hier.
— C'est le traitement que le docteur lui a donné, mon grand. Ça ira mieux demain qu'il a dit le docteur.

Il est temps que je quitte la maison et je m'en vais aider mon père. Je relève le col de ma veste. En ce mois de février, les températures sont très basses et je suis transi de froid. Je rejoins mon père dans l'atelier qui jouxte notre maison. Il me demande des nouvelles de Solange et à son regard, je comprends que l'état de santé de Solange ne va pas s'améliorer. J'aide mon père, mais mon esprit est ailleurs, il est avec Solange.

En fin de semaine, je me rends à son chevet, mais sa mère m'arrête sur le pas de la porte.

Elle m'explique qu'elle a fait chercher le curé de la paroisse de Songeons. Elle tire une chaise, sort un verre d'un placard, attrape une bouteille et y verse du vin.

Je n'ai pas l'habitude de boire, mais à cet instant, je sens que j'en ai besoin. Je sais que lorsque le curé est appelé au chevet d'un malade, c'est que ses jours sont comptés. Le liquide amer au goût de pomme blette m'emplit la bouche, descend dans mon gosier et me réchauffe un instant.

La mère de Solange me propose un autre verre, mais je refuse d'un mouvement de la tête. Le verre tout culotté et la bouteille retrouvent aussitôt leur place dans le placard. Je préfère rentrer et repasser en fin de journée.

Les derniers jours de février laissent leur place au mois de mars. La neige a remplacé la pluie et le froid sévit depuis le début de l'année. Le sol est glissant et le bruit des roues cerclées des carrioles résonne sur les pavés du village.

Les chevaux tapent le sol blanchi et crissant de leurs sabots. Je me rends à la rivière, son lit est gelé, mais je ne m'aventure pas à le traverser pour goûter à la joie de glisser. Je n'ai pas le cœur à m'amuser.

Le mercredi qui suit, en me rendant chez Solange, sa mère m'accueille sur le pas de la porte. Elle semble repliée sur elle-même. Je découvre que ses yeux sont embués et elle tapote ses paupières gonflées avec un grand mouchoir. Elle me fait asseoir et me dit :

— Mon grand, il est arrivé quelque chose de très grave cette nuit. Solange n'est plus.

— Je ne comprends pas. Qu'est-ce que vous voulez dire ?

Elle ajoute dans un sanglot :

— Mathieu, ma petite Solange est morte durant la nuit.

Ma vue se brouille, le chagrin m'envahit, mais je n'y crois pas. Je demande à la mère de Solange si je peux la voir une dernière fois.

J'escalade les escaliers en colimaçon, je manque aussitôt d'air. Quand j'entre dans la chambre, l'odeur qui m'emplit le nez me donne aussitôt la nausée. J'approche du lit et je m'agenouille auprès de mon aimée. Ma très chère et tendre Solange qui me fait tant rire, si belle, mais si amaigrie dans sa petite robe fleurie. Elle semble dormir et je veux croire qu'elle est vivante. Je lui touche délicatement la main. Sa main est toute froide. Je comprends qu'elle n'est plus. Elle s'est battue jusqu'au bout. Je reste là longtemps à la regarder et à me dire que la vie n'est pas juste. Je m'en veux, car je ne lui ai pas assez dit que je l'aime. Il m'est difficile de comprendre que le mariage n'aura pas lieu. Je n'arrive même pas à pleurer. J'embrasse sa main, je murmure que je l'aimerai toujours.

Je sors de la pièce, je dévale l'escalier pour me précipiter à l'extérieur de la maison. Cela étant, je ne me souviens de rien. Je ne sais même pas si j'ai salué sa mère. Je dévale la rue pavée, hurlant de douleur, les larmes aux yeux, jusqu'à la rivière. Personne ne m'arrête dans ma course. Je ne me rappelle plus d'ailleurs si j'ai croisé quelqu'un.

C'est mon père qui me rejoint au bord de la rivière. Il me trouve roulé en boule, transi de froid et prostré. Il m'entoure de ses bras et me console comme un petit garçon. Je ne sais plus qui je suis, où je suis. Je suis hébété. J'ai l'impression que mon cœur va s'arrêter de battre, je n'arrive pas y croire. Moi aussi, je veux mourir, je veux rejoindre Solange.

Durant les semaines qui suivent les obsèques, j'erre hagard dans les rues du village. Je n'y crois pas. Je ne veux voir personne. Même Pierre, mon ami, n'arrive pas à me consoler. Malgré ses mots de réconfort, mon chagrin est immense. Personne ne peut soulager ma douleur. Je ne veux pas en parler. J'ai envie d'en finir alors je bois pour oublier. Je ne veux pas mettre fin à mes jours, mes parents ne survivraient pas au chagrin. J'en ai conscience. Même Henri le peintre ne peut me consoler. Tout me rappelle Solange et notre amour.

Un soir quand je quitte le bistrot titubant et ivre, je croise Henri près de la Collégiale. J'apprendrais plus tard que c'est Pierre qui l'a prévenu de ma présence au bistrot. Arrivé à ma hauteur, Henri suggère de me ramener chez mes parents. Je décide dans un moment de conscience de le laisser me raccompagner. De toute manière, j'en ai besoin. Avant de prendre le chemin qui mène à l'entrée du village, Henri s'arrête devant la Halle et me propose que nous restions assis pour discuter. J'opine de la tête. Nous traversons la halle et nous nous asseyons à l'abri des regards.

Je me sens vide, mais plus calme.

— Mathieu, tu ne peux pas continuer comme ça. Tu te fais du mal et tu en fais à tes parents aussi. Reprends-toi mon garçon. Tu ne peux pas te laisser aller comme ça. Tu me fais de la peine. Solange n'est plus et le marchand ambulant non plus. La grippe les a emportés mon grand. Tu dois te ressaisir. Et si tu partais en voyage ? Cela te ferait du bien de prendre le large, de te retrouver aussi. J'ai de nombreux amis dans le sud de la France et en Amérique qui seraient heureux de t'accueillir, tu sais. Tu es un garçon courageux, le travail ne manque pas au-delà de Gerberoy. Réfléchis-y mon garçon !

Sur ces mots, je frissonne. Il décide de me raccompagner. C'est mon père qui nous accueille sur le pas de la porte. Henri me salue et dit à mon père :

— Ce jeune homme a besoin de repos et de moins d'alcool pour réfléchir à son avenir. Je vous salue bien.

Mon père le remercie d'avoir pris soin de moi. Avant de me mettre au lit, il me serre tendrement dans ses bras. Je sens bien un sanglot dans sa voix :

— Mon grand, il est temps de te reprendre. Tu mets ta vie en danger et tu nous fais beaucoup de soucis à ta mère et moi. Imagine un peu ton frère et ta sœur. Mon grand, tu n'es pas un exemple pour eux en ce moment. Reprends-toi !

Ces mots murmurés à mon oreille, pour ne pas réveiller mon frère et ma sœur, me font sursauter.

Je me comporte mal et Solange aurait désapprouvé mon attitude.

Jusqu'à la fin de la semaine, je décide de ne plus me rendre au bistrot. Je veux avoir les idées claires pour réfléchir. Partir serait une solution pour moi. Je le sens bien. Je décide d'en parler à mes parents. Après le dîner, je leur apprends que je veux quitter le village. Henri m'a proposé de voyager. À cette annonce, mes parents sont surpris, mais ils veulent avant tout mon bonheur. Je continue sur ma lancée et leur dis que je pourrais partir dans le sud de la France, mes parents semblent alors confiants, mais quand j'envisage aussi de partir pour l'Amérique, cela les effraie. Ma mère appréhende ce long voyage qui va nous séparer longtemps. Mon père quant à lui reste silencieux.

Un matin, je surprends ma mère pleurant dans les bras de mon père. Tous deux ont l'air vraiment peinés. J'entends mon père dire à ma mère qu'il n'en peut plus de me voir boire plus que de raison même si cela fait plusieurs jours que je suis sobre. Je ne baisse pas les bras. Dans ce départ, j'entrevois une lueur d'espoir pour moi.

Le lundi qui suit, Henri le peintre vient rassurer mes parents. Il leur confie que c'est mieux pour moi et que je vais revenir quand j'aurai fait mon deuil :
— D'ici deux ou trois ans, il sera de retour et il ira beaucoup mieux, vous verrez.

Au mois de juin, je me rends en fin de journée à la Collégiale. J'ouvre une des portes en bois et je pénètre dans l'édifice. Sur la droite, se trouve la chaire où nous nous cachions gamins, Pierre et moi. La voûte de bois en forme de « *carène* » nous faisait penser à une coque de navire renversée. Ce lieu nous transportait vers de nouvelles aventures imaginées. Un jour, le curé nous avait surpris et avait préféré ne pas nous houspiller. Il nous avait alors raconté l'histoire de l'édifice. Je me souviens l'entendre nous dire que le banc près de la chaire était réservé, dans des temps plus anciens, aux Marguilliers qui tenaient les comptes de la Collégiale. Dans la sacristie, sur la gauche, il nous avait montré le chapier qui est composé de tiroirs circulaires qui contenaient les habits liturgiques cousus de fils d'or. Il avait continué en nous racontant, devant la statue de Jeanne d'Arc, qu'elle s'était rendue dans le village au XVe siècle pour défendre et relever les fortifications du village. Il avait terminé son récit par sa fin tragique.
À mon âge, j'étais impressionné par le travail dentelé du bois en chêne massif des stalles des chanoines qui encadraient le chœur de l'édifice. Le prêtre nous avait montré « les Miséricordes », ces sièges mobiles ornés de sculptures qui semblaient maintenir les chanoines en position debout durant l'office alors qu'ils étaient assis.

Après ces explications, le curé vaquait alors à ses occupations. Avec Pierre, nous restions sagement assis à observer la Vierge, face au vitrail dont les couleurs chatoyantes nous impressionnaient et que les rayons du soleil semblaient en caresser les contours. Nous observions aussi la voûte reconstruite au-dessus du tableau sur la gauche de l'autel et nous imaginions, Pierre et moi, le donjon-prison démoli au XVe siècle. Nous échafaudions des histoires de prisonniers, d'évasions réussies et de batailles gagnées. Quand notre imagination venait à nous faire défaut, nous arpentions discrètement l'escalier situé à la droite de l'entrée de l'édifice et réservé à l'usage de l'évêque qui ne s'est d'ailleurs, à ma connaissance, jamais rendu à la Collégiale durant ces années. Nous restions à observer discrètement le curé préparant son office.

Devant ma ferveur, remarquée par mes parents, j'avais bien failli devenir enfant de chœur. Mais préférant arpenter la campagne à la découverte de nouvelles aventures, mes parents avaient renoncé à cette idée.

Je reste assis au calme durant de longues heures dans l'une des stalles fermées par une petite porte et un verrou, louées à l'année par les familles dont le nom figure sur l'accoudoir.

Je ne m'aventure toujours pas sur les chaises devant l'autel. Elles sont réservées aux notables du village. J'ai toujours trouvé bien plus drôle d'avoir une stalle au nom de ma famille qui ferme à l'aide d'un petit loquet. C'était comme si elle nous appartenait. Je quitte la Collégiale en faisant un détour par la rivière. Tout à mes pensées, j'envisage de quitter le pays, mais en même temps, je pèse le pour et le contre sans vraiment pouvoir me décider.

Je bifurque par le sous-bois avec l'envie d'être seul pour réfléchir. Je n'entends pas de suite les grognements qui semblent me poursuivre. Tout à coup, je saisis que je suis suivi par un sanglier. Je me retourne. Groin au sol pour me pister, il me paraît inoffensif pour le moment.

C'est un adulte trapu d'une taille impressionnante avec les canines proéminentes. Mon corps se raidit et au même instant, je le vois s'avancer vers moi à petite allure comme s'il évaluait sa proie. Cela ne dure qu'une fraction de seconde. Mon père m'a toujours dit qu'il ne fallait pas courir.

Je décide de ne pas bouger pour ne pas l'effrayer. Il devait être couché dans sa bauge au fond d'un fourré à l'abri des regards. Mon passage a dû l'importuner.

Je frappe alors dans mes mains comme mon père me l'a conseillé. Je crie et mon cœur bat à tout rompre. À la volée, j'attrape une grosse branche et la brandit tout autour de moi. Cela ne semble nullement l'impressionner, mais semble le calmer. Museau au sol, je me dis qu'il cherche de quoi se nourrir. *Mais bon sang que fait-il là ? La journée est loin d'être terminée. Est-il blessé ?* Je ne peux m'empêcher de penser qu'il va charger pour se défendre. Il se remet à grogner en me fixant, il souffle et fait claquer ses dents les unes contre les autres. Sur mes gardes, je repère les lieux. Un arbre à quelques mètres sur ma gauche sur lequel je pourrais grimper si je cours assez vite. Je pourrais aussi revenir sur mes pas et plonger dans la rivière, mais je sais que les sangliers sont de bons nageurs. Rassemblant toutes mes forces, je m'élance à peine convaincu, mais n'ayant pas envie d'être mortellement blessé par l'animal. Je me colle à l'arbre en contournant son tronc. Ainsi le sanglier n'a pas d'angle d'attaque, je suis inaccessible pour le moment. Je comprends rapidement que je ne pourrai pas tourner indéfiniment autour de l'arbre. Il paraît m'observer. La peur décuplant mes forces, je me saisis de la branche la plus basse et me hisse sur une branche suffisamment haute.

Surpris, le sanglier se remet à souffler, à grogner et bondit sur le tronc. Il lève son museau au groin impressionnant vers moi. Je suis loin d'être sauvé. Je ne bouge plus. Je me surprends à penser qu'il va se lasser et repartir à ses occupations. La branche qui m'accueille me cisaille le dos, ma position est loin d'être confortable. *Comment faire fuir ce sanglier ?*

À cet instant, au loin, j'aperçois la queue d'un renard tapi dans l'herbe. Est-ce une hallucination provoquée par la peur ? Le sanglier tourne son imposante tête et semble avoir repéré le renard à ses trousses. Il se met à grogner et à souffler, mais le renard ne paraît pas impressionné. Comprenant que le renard est prêt à l'attaquer, le sanglier préfère me laisser tout pantois et fuir dans la direction opposée.

D'un bond, le renard reprend sa poursuite du sanglier. Mon souffle est court et avant de descendre de mon promontoire, je préfère reprendre mes esprits. Ils sont déjà loin et j'ai mon compte de frayeur pour la journée. Rassuré par le calme retrouvé du sous-bois, je bondis sur la terre ferme.

Ce n'est pas aujourd'hui que je prendrai une décision, me dis-je. Mais je reconnais, en mon for intérieur, que l'adrénaline que j'ai ressentie m'a redonné un sentiment de vie que j'avais perdu depuis la disparition de Solange. Cela m'a fait l'effet d'un électrochoc. Pour la première fois, j'ai pensé à autre chose. Un instant, j'ai oublié Solange. J'ai juste pensé à sauver ma peau. Ces derniers mois, un sentiment de vide et de tristesse m'a envahi, je n'ai fait que broyer du noir et me noyer dans l'alcool. Ce n'est peut-être pas le bon moment pour partir, voyager et aller chercher l'aventure ailleurs, mais j'ai compris qu'il me fallait aller de l'avant à présent.

Ce n'est en effet que quelques mois plus tard que je décide de tout quitter, mon village, ma famille et mon pays, sans me retourner. Je souffre encore et je pressens que ce grand chagrin ne me quittera pas de sitôt. À force de réfléchir, je comprends que je veux recommencer ma vie de l'autre côté de l'Atlantique. Je brûle une partie de mes souvenirs, des photos et des lettres. Toute ma vie entière part alors en fumée ainsi que mes joies partagées avec Solange qui font place à une infinie douleur.

C'est en septembre, je me rappelle, sous un soleil pâle que j'embrasse mes parents, mon frère et ma sœur en leur promettant de revenir. Je vais saluer Pierre qui grognon, mais ému, me dit dans une accolade fraternelle qu'il se pourrait qu'il me rejoigne un de ces jours. Au Havre sur un des paquebots de la Compagnie Générale Transatlantique, j'embarque avec toutes mes économies en poche. Le voyage vers New York dure huit longs jours, entre eau et ciel, sans que je sache vraiment si j'ai fait le bon choix. J'avoue que je me sens penaud.

Cette nouvelle vie que j'imagine, le soir couché sur ma couchette, me fait peur. Je vogue vers l'inconnu. J'espère que je vais savoir me débrouiller. Je ne connais rien à ce pays. Henri m'en a parlé comme d'un eldorado. Je n'ai pas tout compris d'ailleurs. Il a bien essayé de m'apprendre quelques phrases en anglais pour me présenter. J'ai néanmoins retenu des mots qui m'ont semblé importants.

Quand je me rends sur le pont, je fais la connaissance de mes compagnons de voyage. Mais je suis trop dans mes pensées pour avoir envie de bavarder avec eux. Il me tarde d'arriver ailleurs et de me rendre aussi loin que possible.

À bord du paquebot, les conditions de voyage réservées aux migrants sont déplorables. Quand nous embarquons, nous gagnons aussitôt l'entrepont où nous attendent des dortoirs composés de lits bancals et de longues tables disposées en enfilade. Nous devons faire avec le manque de sanitaires. Nous partageons la troisième classe dans une promiscuité dépourvue d'hygiène et dans des conditions d'insalubrité, avec l'espoir de trouver une terre d'accueil. Les trois premiers jours, je les passe allongé au fond de ma couchette. Je n'ai pas le pied marin. Tout ce que j'ingurgite est aussitôt rendu dans un seau que mes compagnons de voyage remplacent régulièrement au pied de mon lit. Je souffre le martyre. Je ne suis pas le seul, c'est ce qui me rassure.

Un matin, je me sens enfin d'attaque pour poser le pied sur le plancher et me rendre, fébrile, sur le pont. J'hume l'air marin et cela me revigore. J'ai faim aussi. Le cuisinier du bateau n'est pas vraiment un cordon bleu. Sa cuisine laisse à désirer. Mais j'engloutis mon assiette entière sans vraiment savoir ce que j'avale. Mes compagnons de voyage sourient et me disent qu'il s'agit en fait d'un gruau d'avoine et que je vais finir par m'y habituer. En plaisantant, ils me disent :

— Ne fais pas la grimace, tu as déjà manqué trois jours !

J'apprends que certains soirs, le repas n'est même pas servi.

Arrivés au port de New York par un temps brumeux et mâtiné de tristesse, nous sommes entassés dans un ferry à double ponts jusqu'à l'île. Située à l'embouchure de l'Hudson, Ellis Island est la « porte d'entrée » principale des immigrants qui arrivent en Amérique. Nous débarquons nombreux. Les hommes portant une valise, les femmes des baluchons. De mon côté, je remarque les bâtiments du centre composés entre autres d'un bâtiment principal avec des entrées d'un côté et des sorties de l'autre. Cela me fait penser à une gare. Nous sommes dirigés vers une grande salle du bureau d'enregistrement.

Pendant de longues heures, les migrants comme moi attendons assis, dans le grand hall du bâtiment principal, sur de longs bancs en bois avant d'être interrogés par les contrôleurs des services d'immigration.

À l'appel de mon nom, assoupi, je sursaute et je m'avance pour présenter mes papiers.

Le contrôleur qui me reçoit me demande à nouveau, dans un français jargonnesque, mon identité, si j'ai de l'argent, si j'ai fait de la prison et si je connais quelqu'un en Amérique. Je lui tends le papier sur lequel Henri a écrit les noms des personnes qu'il me conseille d'aller voir à mon arrivée. Mes réponses dans un français mêlé de gestes doivent le satisfaire. Il faut dire que je suis, à l'époque, un solide gaillard en bonne santé. Je suis séparé de mes compagnons de voyage et suis dirigé vers un bureau exigu où je reçois mon laissez-passer. Je suis heureux !

Une nouvelle vie s'annonce pour moi. Nombreux sont les migrants qui pourtant sont refoulés, souvent incapables de subvenir à leurs besoins ou avouant avoir fait de la prison. *J'ai de la chance,* pensais-je. Le pays en 1919 est en crise et les grèves notamment des dockers et des cheminots font rage. L'Amérique impose, depuis peu, des quotas et renforce, à l'encontre des migrants, ses procédures d'entrée dans le pays.

J'apprends aussi qu'en cette période qu'il ne fait pas bon d'avoir des idées communistes ou anarchistes. Les citoyens américains aussi sont pourchassés pour leurs idées et s'il y en a parmi les migrants, ils sont aussitôt renvoyés vers leur pays d'origine.
Un matin, j'aperçois de la fenêtre du dortoir des migrants raccompagnés vers le paquebot par des policiers et ne craignant pas de crier qu'ils sont fiers d'être communistes. Mon voisin de chambrée me dit que ce sont des Italiens, il a fait la traversée avec eux.

Le peuple américain éprouve une crainte grandissante à l'égard des étrangers et envers les personnes ayant des penchants pour le drapeau rouge, je choisis de rester discret sur mes opinions, *mais en ai-je vraiment à vrai dire ?* Mes parents n'ont jamais parlé politique avec moi et la vie au village, avec ses journées bien remplies, nous isolait de ces courants d'idées. Du moment que nous assistions à la messe et au sermon du curé le dimanche, la vie s'écoulait simplement du lever au coucher du soleil. Encore aujourd'hui, cela me paraît bien étrange pour un pays avec autant de citoyens d'origine étrangère, mais nous sommes dans les années 20, au début de la chasse aux sorcières.

Durant le temps de la procédure, je suis placé en quarantaine au centre de rétention, le temps que les autorités procèdent aux contrôles sanitaires et aux formalités d'immigration. Durant cette période, je passe un test d'alphabétisation dont les résultats se révèlent satisfaisants. Des réfugiés et des immigrés venus, la plupart d'Europe, se croisent et le centre de rétention n'héberge pas toujours des enfants de chœur. Un soir, étendu sur ma couchette, un homme un peu éméché me demande de l'argent. Je lui réponds que je n'en ai pas. Le peu que je possède me vient de mes parents. Je n'ai pas encore commencé à travailler. Celui-ci s'empare alors de mon baluchon. Il le secoue dans tous les sens, mais n'y trouvant pas d'argent, il se saisit d'une feuille pliée qui retient toute mon attention. La feuille a glissé sous le lit. L'homme s'en empare, la déchire en riant et en m'insultant et la fourre dans sa bouche. C'est trop tard, il s'agissait des coordonnées des amis d'Henri, le peintre, que je devais rencontrer et qui m'auraient certainement aidé à m'installer et à trouver du travail. Je vais devoir me débrouiller seul à présent.

Quelques jours après, je décide d'envoyer une lettre à mes parents. Je leur écris que je suis bien arrivé et que je suis en bonne santé. J'attends mon laissez-passer pour travailler à New York. En attendant, je suis toujours au centre pour les formalités administratives et sanitaires. Je leur dis de ne pas s'inquiéter pour moi. Je reprends ma vie en main. J'embrasse tendrement mes parents, mon frère et ma sœur.

Au centre, je suis invité à suivre des cours d'anglais. Les cours sont simples et m'aident à me familiariser avec la langue. J'arrive à me débrouiller en baragouinant tant bien que mal et à me faire comprendre. Cependant, les personnes que je rencontre éprouvent des difficultés à prononcer mon prénom français, je deviens tout simplement Mathew au fil des rencontres.

À cette période, le pays recherche des bras pour les usines des secteurs de l'automobile et du textile, les usines tournent alors à plein régime. Les années d'après-guerre sont florissantes. Le Taylorisme fait son entrée dans les usines et les conditions de travail changent radicalement pour les ouvriers.

New York est une ville gigantesque et moderne, composée de gratte-ciel. Je n'ai jamais rien vu de pareil. Je les aperçois des quais du port. Depuis quelques jours, j'y travaille dur en tant que journalier des docks. De vraies journées de labeur font partie de mon quotidien avec le chargement et le déchargement des navires. Je n'ai pas le temps de visiter la ville. Ce n'est pas plus mal, je m'y perdrais de toute façon. On m'a raconté qu'il existe même une ligne de métro souterraine.

Le travail sur le port accapare toutes mes journées. Je fais connaissance des ouvriers qui ne sont pas en grève. Ils ne parlent pas beaucoup. La pénibilité et la dangerosité des tâches m'imposent aussitôt une coopération de tous les instants au sein de la bordée à laquelle je suis assigné. Je vis la compréhension difficile de la langue et des termes propres au métier.

Alors, je n'hésite pas à travailler pour deux afin d'être reconnu auprès des ouvriers et de surtout garder mon travail. Les dockers me surnomment « *le français aux petits bras* ». Cela me surprend, car je suis de corpulence assez grande et trapue. Je remarque rapidement qu'il existe une compétition entre ces « hommes de peine ». Ils ont tous de larges épaules et des muscles saillants avec lesquels ils rivalisent entre eux. Au fil des jours, les ouvriers m'acceptent plus ou moins et nous communiquons à l'aide de gestes simples. Ils m'expliquent aussi, du moins c'est ce que je comprends, qu'ils ne peuvent se permettre de faire grève, ils ont tous une famille à nourrir et le pays se porte mal. Ce sont les hommes sans femme ni enfant qui se mettent en grève pour ralentir l'activité des quais. Je les trouve solidaires entre eux et je les comprends. Souvent, j'entends qu'ils parlent de moi en me nommant « le Jaune ». C'est le surnom donné aux briseurs de grève. Je perçois qu'ils ne m'en veulent pas vraiment, car ils savent pertinemment que c'est le centre de rétention qui m'a trouvé ce travail pour remplacer, en douce, les grévistes et tester aussi mes aptitudes à travailler. À tout moment, je peux être interdit de séjour sur le sol américain. Je n'ai pas le choix de toute façon, pour moi, ce travail est salutaire et temporaire.

Au retour du travail, je suis fourbu par le poids des charges à transporter et la longueur des journées. Je suis sale et imprégné d'odeurs tenaces. Je rentre au centre de détention. Un repas chaud m'est servi et je peux dormir dans un lit. Je n'en demande pas plus pour le moment. Cependant, je suis souvent traversé par le doute, *ai-je fait le bon choix ?*

Je me tue à la tâche pour oublier Solange, son regard, son doux sourire, son parfum qui sentait bon l'herbe fraîchement coupée et la douceur de ses mains.

Au bout d'une quinzaine de jours, il m'est proposé de me rendre dans le Minnesota si je veux gagner ma vie. Ils ont besoin de gars comme moi. Je prends alors la route pour cet état. C'est la « Terre aux mille lacs » m'a-t-on raconté, le pays sauvage des pins rouges et des monarques. Les étés là-bas sont chauds et les hivers peuvent être glacials et neigeux.

C'est à Bird Island que je pose, pendant plusieurs mois, mon baluchon.

Le village m'est vite familier, il me rappelle mon village en France, petit, et tout le monde ici semble se connaître. Je trouve du travail à la ferme. Le travail est harassant et la sécheresse qui sévit, depuis quelques semaines, complique les conditions de travail.

J'ai bien cru que j'allais mourir. Les travaux des champs sont pénibles, les outils peu maniables et les bras manquent cruellement. Maintes fois, je crains de m'être trompé, mais je n'ai de toute manière pas suffisamment d'argent pour faire le voyage du retour vers la France. Je m'interroge encore.

Une nuit, je rêve de Solange. Nous sommes dans une prairie fleurie et ensoleillée près de notre rivière, nous sommes enlacés tendrement sur l'herbe et elle me sourit. À mon réveil, en me rappelant mon rêve, je comprends qu'il me faut avancer et surtout garder confiance.

Sous un soleil de plomb, les journées de travail s'enchaînent à un rythme soutenu. Je peine alors à m'alimenter, je maigris à vue d'œil ; la soupe qui nous est servie est claire et parsemée de quelques légumes, le pain ne me nourrit pas suffisamment. Avec Paul, un compatriote qui a fait la traversée avec moi que j'ai retrouvé à la ferme, nous décidons, un matin, de reprendre la route.

Nous voyageons et avec quelques économies en poche, nous prenons le train, direction Boston dans l'État du Massachusetts.

Plus nous approchons de la grande ville, plus nous rencontrons des émigrés de toute nationalité, des Irlandais, des Allemands, des Canadiens. C'est réconfortant. D'autres comme nous ont tout plaqué pour vivre une autre vie, chercher fortune ou bien survivre.

Boston est une ville trépidante. Elle accueille de nombreux artistes : écrivains, peintres, comédiens. Lorsque nous arrivons, la ville connaît depuis quelque temps, une période de crise. Aussi curieux que cela puisse paraître, la police est en grève et il n'est pas possible, pour nous émigrés, de circuler dans la ville comme nous le souhaiterions.

Il nous arrive tout de même de nous promener jusqu'à Boston Common. Il s'agit d'un immense parc au cœur de la ville, mais c'est rare, car avec notre dégaine, nous sommes fréquemment abordés par des voyous embrigadés dans des gangs de rue. Ils nous promettent monts et merveilles. Il suffit de les rejoindre, disent-ils. Les mafias italienne et irlandaise s'affrontent alors dans toute la ville : vols, cambriolages, jeux et meurtres sont le quotidien de cette ville aux maisons de briques rouges. La Prohibition de l'alcool s'installe peu à peu et le gangstérisme aussi.

Paul et moi, nous nous faisons discrets. Nous emménageons dans une petite pension située sur Stone Street, tenue par une veuve, Mrs Stevenson, une Irlandaise gironde au franc-parler qui nous accueille, avec bonhommie et gentillesse, à condition que nous nous engagions à régler le loyer toutes les fins de semaine. Comprenant que nous sommes dépourvus d'argent, mais de bonne volonté, elle nous propose de l'aider dans l'entretien de la pension et notamment de la charpente. Déterminés, nous nous y attelons en même temps que nous cherchons du travail.

Le soir, nous nous retrouvons pour discuter autour d'une boisson dont je ne connais pas le nom. Avec Mrs Stenvenson et Paul, j'apprends à parler de la politique. Cela m'intéresse, mais sans plus. Notre logeuse espère bien voter dans les mois à venir pour les prochaines élections. Elle nous le répète à l'envi et cela nous fait sourire.

Dans les jours qui suivent, nous avons la chance de trouver une place à l'usine. En effet, une pénurie de main-d'œuvre persiste depuis quelques mois dans quasiment tous les États. Pour trente dollars par semaine, nous sommes affectés, Pierre et moi, au tri des écrous. La tâche est pénible, nous restons debout devant le tapis d'une machine qui fait défiler les écrous. Mais Paul garde le sourire et a toujours une anecdote à me raconter sur sa vie d'avant. Notre complicité nous rapproche et nous supportons plus aisément ce travail.

Un soir, à la nuit tombée, nous rentrons épuisés de l'usine. On compte nos sous chacun dans notre tête. Nous sommes remplis d'espoir quant à notre nouvelle vie. Les journées de travail sont longues, mais avec Paul, nous nous soutenons. Le travail ne nous fait pas peur, nous voulons nous en sortir. Tout à nos projets, nous ne voyons pas arriver, dans notre direction, un groupe de jeunes hommes qui nous interpellent. Nous sommes rapidement encerclés. Un des jeunes, le chef de la bande certainement, nous réclame de l'argent :

— C'est jour de paie aujourd'hui les gars ! On aimerait bien en palper nous aussi.

Paul et moi sentons le danger arriver. Paul leur explique, dans un anglais mêlé de gestes et de mots français :

— On commence tout juste à travailler les gars, la paie n'est pas grosse.

En guise de réponse, il reçoit un violent coup de poing au visage que je ne peux arrêter. Paul tombe au sol et tente de se relever. Comme je suis beaucoup plus costaud que mon compagnon, le chef de la bande ne cherche pas à se battre avec moi. J'en profite pour lui rendre son coup de poing en plein thorax et éviter son revers de pied. Il est soufflé par le coup porté et se relève difficilement. C'est son second qui prend la relève et je pare ses coups qui se révèlent puissants. Le chef qui s'est repris tend sa main et nous demande notre paie.

Je jette un regard vers Paul pour lui faire comprendre qu'ils ne lâcheront pas l'affaire. Je cherche dans ma poche les quelques dollars que j'ai gagnés et les lui remets en lui disant que la paie de mon ami a été bue sur le chemin du retour.

Le chef semble se satisfaire de cette réponse. En un instant, le groupe se disperse à la vue des policiers attirés par l'attroupement. Le chef me dit en m'attrapant par le bras avec un sourire narquois :

— Si tu dis quoi que ce soit aux policiers, je vous retrouverai et vous allez le regretter.

Sur ces mots, il disparaît.

Arrivés à notre hauteur, les policiers comprennent à notre dégaine, que nous sommes des étrangers, ils ne prennent même pas la peine de savoir ce qu'il s'est passé. Ils s'en doutent, mais ils n'ont pas envie d'entendre ce que nous pourrions leur dire.

De plus, certains sont de mèche avec les voyous. Ils passent devant nous, jettent un regard vers nous comme si rien ne s'était passé, se retournent une fois dans notre direction avec un rire sarcastique. Nous avons compris que nous avons perdu notre paie de la semaine. Nous allons devoir expliquer ce qu'il nous est arrivé à Mrs Stevenson. Pour autant, Paul me dit que j'ai été malin :

— il nous reste ma paie, on va s'en sortir.

Paul est un garçon optimiste et toujours prêt à rendre service.

Quand nous arrivons à la pension. Notre logeuse comprend à notre dégaine que nous nous sommes fait voler. Elle ne nous en tient pas rigueur, mais ajoute :

— Il faudra m'aider un peu plus cette semaine les garçons, si vous voulez que je continue à vous louer la chambre.

Le soir venu, cela ne l'empêche pas de nous proposer de partager son dîner. Nous nous excusons pour ce qui nous est arrivé :

— Nous avons eu du mal à nous défendre, ils étaient nombreux et la police n'a rien fait.

— La ville est actuellement aux mains de bandes de voyous qui vous délestent de tout ce que vous possédez si vous n'y prenez pas garde. Ce ne sont pas uniquement les étrangers qui sont visés, nous subissons aussi leur violence. En tout cas, vous avez été malins pour ne pas leur remettre l'intégralité de vos paies. Quant à la police, ils ne sont pas tous corrompus même si ça tend à devenir une généralité, ces temps-ci.

Quinze jours plus tard, Paul rentre fébrile de l'usine. Il me dit qu'il va aller se coucher, il n'a pas faim. En fin de soirée, quand je le retrouve, il est en fort mauvais état. J'appelle Mrs Stevenson qui constate qu'il a de la fièvre et qu'il ne va vraiment pas bien.

Le médecin se déplace deux jours après et il m'apprend que Paul a contracté une sévère pneumonie. Il faudrait le faire hospitaliser en urgence, mais cela coûte cher. Même en réunissant nos économies, nous n'avons pas assez et le vol de ma paie, en début de mois, nous laisse sans avance. Le médecin accepte de lui prescrire un traitement et il me dit qu'il passera le lendemain.

Dans la nuit, Paul se plaint de douleurs au thorax, il tousse violemment et s'essouffle. Au petit matin, il rend son dernier souffle. Il est enterré, quelques jours après, à la hâte, avec un semblant de croix sur la motte de terre qui recouvre son corps. Je suis consterné, nous formions une si bonne équipe tous les deux. Je me retrouve seul et désemparé. À nouveau, je suis confronté à la mort. Le décès de Solange m'a rempli de chagrin. Le décès de Paul me laisse hébété. Je ne me sens plus le courage de continuer à travailler à l'usine.

Avec Paul et sa bonne humeur, travailler péniblement était acceptable, mais seul, je ne me sens plus la force de continuer. Je quitte l'usine, salue Mrs Stevenson qui me prend dans ses bras et me dit qu'elle nous aimait bien tous les deux. Je m'éloigne de Boston. Avec mon baluchon et quelques dollars en poche, je cherche à rejoindre les terres.

Les premiers fermiers que je croise sur mon chemin sont, je le sens bien, réticents à m'embaucher aux travaux de la ferme. Je ne parle pas vraiment leur langue, mais je suis courageux et de bonne constitution. Mais rien n'y fait. Je suis encore trop près de la ville.

À cet instant de ma vie, je me sens bien seul et désemparé, mais je garde l'espoir de voir ma vie changer et d'y faire entrer l'amour et l'amitié.

NOUVELLES AMITIÉS
1920

Au bout de quelques jours de marche, je croise un paysan qui voyage avec son attelage et sa jument. Je suis faible et les forces commencent à me manquer. Il me dépasse et arrête son attelage quelques mètres plus loin. Il me fait signe de venir m'asseoir près de lui. C'est Howard, un homme âgé qui porte une casquette d'où s'échappe une masse de cheveux bruns grisonnants. Il me semble encore robuste pour son âge. En me regardant de plus près, il sort de sa besace un quignon de pain qu'il me tend avec un sourire chaleureux, je m'empresse de le dévorer sous ses yeux.

Je suis amaigri et je fais peur à voir, cependant cela ne semble pas l'effrayer. Il essaie d'échanger quelques mots avec moi, mais je suis bien trop fatigué pour lui répondre. Il comprend malgré tout que je cherche du travail. Il fait signe à sa jument de reprendre sa marche, j'en profite pour m'assoupir au son des clochettes de son harnais et de son pas. La jument âgée ne se déplace pas vite et cela me convient.

Quand j'ouvre les yeux, le soleil est bas dans le ciel, l'après-midi touche à sa fin. Howard me dit qu'il travaille la terre, il est paysan. Je m'aperçois que nous sommes arrivés à Newton, située à l'ouest de Boston. Howard m'explique que les premières industries de la ville se sont développées en fabriquant du tabac, du papier et du chocolat. Il continue en me disant que la ville est entourée des chutes d'eau Upper Falls et Lower Falls qui ont facilité l'essor de l'industrie et du chemin de fer. Il poursuit :

— La ville est connue pour sa croissance, mais c'est en train de changer.

Nous sortons de la ville et, sur ces explications, Howard me propose de faire une halte dans son humble demeure.

Au détour d'une route, j'aperçois au loin une masure, plantée au milieu d'un champ. Elle semble accueillante. En y entrant, je la trouve bien petite et un peu sombre, avec une seule et unique pièce qui fait office de cuisine et de chambre.

Dans la pièce principale règne un gentil désordre où une imposante table de bois entourée de bancs occupe le centre de la pièce. Un lit dans le renfoncement et deux fauteuils usagés, un tapis au crochet et un vieux buffet complètent la pièce à vivre. Sa femme Mary m'accueille avec le sourire et me sert une soupe bien chaude et réconfortante agrémentée de quelques morceaux de bœuf séchés.

Après m'être restauré, Howard, mon hôte, me propose d'accepter de dormir dans la chambre inoccupée de son fils, parti pour la ville. J'accepte volontiers. Je n'ai de toute façon pas la force de continuer. Howard semble ravi que j'accepte son invitation et je sens bien qu'il a une idée derrière la tête, mais je suis trop las pour réfléchir. J'emprunte l'escalier étroit qui mène au grenier et à la chambre. Un lit et sa table de nuit composent la petite pièce. J'enlève mes vêtements poussiéreux et je me couche directement. Je m'endors aussitôt.

Au petit matin, je me lève ragaillardi. Le soleil perce déjà à travers la lucarne et je me sens bien. Je ne sais pas l'heure qu'il est, mais un petit-déjeuner m'attend. Howard, un sourire aux lèvres, me dit qu'un grand gaillard comme moi devrait trouver du travail bien vite. Dans cette contrée, les bras manquent aussi. Aussitôt attablé, Mary me sert des œufs brouillés avec du bacon assortis de tranches de pain que je mange sans retenue.

Tout heureux, Howard me complimente pour mon solide appétit. Il poursuit en m'expliquant que les jeunes sont partis rejoindre la ville, attirés par les lumières et l'argent. Il m'apprend qu'une ferme située à plusieurs miles du village recherche un ouvrier agricole courageux. Il sait que le propriétaire est un bon gars et il est certain que nous nous entendrons à merveille.

En mon for intérieur, je suis prêt à tout accepter, le travail ne me fait pas peur. En revanche, il va falloir que je comprenne la langue si je veux m'en sortir. À vrai dire, je ne sais pas vraiment si j'ai bien compris tout ce qu'Howard et sa femme m'ont raconté. Je leur fais confiance et à l'avenir, je veux manger à ma faim. J'ai trop souffert du manque de nourriture dans le Minnesota. Quant au courage, je n'en manque pas !

Après une toilette sommaire, nous reprenons la route avec son attelage en direction de la ville d'Easton, éloignée de près de trente miles de Newton. La route va être longue me prévient Howard. Nous avons devant nous un peu plus de quatre heures de route. Frais et reposé par une bonne nuit de sommeil, je savoure le paysage bordé de prairies, de bois touffus et de chemins poussiéreux. Nous faisons de nombreuses haltes pour reposer le cheval qui est bien plus jeune que la jument qui nous a transportés la veille.

Au bord de la rivière Delaware, nous déjeunons et une petite sieste me fait du bien. Je suis encore faible et je me promets de reprendre des forces dès que je serai installé.

Nous reprenons la route, en faisant un petit détour pour traverser les bois de Stonehill qu'Howard veut me faire découvrir. Il m'explique qu'Easton est une bourgade de cinq mille âmes plutôt superstitieuses :

— Ici mon garçon, on croit aux fantômes et aux sorcières ! plaisante-t-il.

Il ajoute que l'on va passer bientôt près d'une maison qui a brûlé en 1900. Il ne se rappelle pas la date exacte, mais la maison se situe sur Bay Road et on raconte dans les parages que la maison est hantée. Ces histoires ne me font pas peur. Nous avons aussi en France nos histoires de fantômes, mais pour le moment, la fatigue l'emporte encore sur moi et il me tarde d'arriver à Easton et si possible d'y trouver du travail. Nous faisons à nouveau une halte pour nous restaurer et faire boire le cheval. Je me sens fourbu et les soubresauts de l'attelage sur la route ont raison de mon dos.

Une heure après, nous approchons enfin de la ferme en question. Casquette sur la tête, un bel et grand Irlandais, à la chevelure rousse, se tient debout sur le pas de sa porte. Il nous accueille chaleureusement d'un signe de la main. Avec la main en visière, il essaie de juger le gaillard qui se tient aux côtés d'Howard. À sa tête et à son sourire, il ne semble pas déçu.

Je descends de l'attelage et moi-même dans un geste semblable, je jauge l'étendue de ses terres. Je m'aperçois qu'il en sourit. Aussi, je comprends qu'il a en effet bien besoin de bras. De son regard azuré et de son tempérament bien trempé, je sens qu'il m'accepte et à n'en pas douter, je pressens qu'il sait que j'accepterai le travail sans rechigner. Il attrape de la main sa casquette et me salue avec bonhomie :

— Moi, c'est Connor, je suis moi aussi un émigré de la première heure, tu sais. J'ai traversé l'Atlantique pour accoster en Amérique et je n'ai jamais regretté.

Lui est certainement venu avec une bourse plutôt bien garnie. Il possède en effet un lopin de terre de plusieurs hectares et une masure dont la cheminée fume. *C'est rassurant,* me dis-je. De sa stature imposante, il m'indique qu'il cultive principalement du maïs. Il ajoute :

— Ici, les journées de travail sont longues et difficiles, mais si tu acceptes le travail, le gîte et le couvert sont offerts.

Même si le salaire me semble bas, j'accepte. Le bonhomme me paraît honnête. Il poursuit :

— L'Amérique et notamment l'agriculture se portent mal, tu as mal choisi ton moment pour venir t'installer en Amérique.

Depuis 1919, le pays est en effet touché par l'inflation et c'est plus de quatre millions de grévistes qui réclament de meilleurs salaires. Comprenant que j'ai des difficultés à suivre le reste de la conversation, il ajoute à l'intention d'Howard :

— Les grèves dégénèrent souvent en affrontements et ça donne lieu à des violences avec la police.

Sur ces mots pessimistes, il nous invite à boire un bouillon. Je fais la connaissance d'Abigail, sa femme, et de ses deux enfants, deux petits rouquins qui jouent à même le sol de terre battue avec de petits cailloux en forme d'osselets. En Amérique, ce sont les Jacks. Sa femme nous sert un breuvage fumant avec des tranches de pain agrémentées de morceaux de lard. De son côté, Howard semble satisfait d'avoir rendu service à son ami Connor. Il dîne avec nous et nous quitte en nous saluant de sa casquette, il me souhaite bonne chance et repart pleinement satisfait. Il est tard, mais il compte s'arrêter pour passer la nuit chez sa sœur qui réside à quelques miles d'Easton.

Nous passons la soirée à discuter avec Connor. Il m'explique qu'il a besoin de moi dès demain matin pour les semailles. Après une bonne nuit de sommeil, je m'éveille au petit matin. Abigail et Connor sont déjà levés et m'attendent dans la cuisine avec le sourire. Après un petit-déjeuner composé d'œufs brouillés, avec Connor nous attelons le cheval de trait à l'attelage et nous partons ensemble vers le champ. Le soleil est haut dans le ciel. Connor m'explique que les semailles ont commencé. Il en profite pour me montrer comment tenir de mon bras gauche les semences et comment éparpiller les grains de ma main droite, le bras écarté et baissé vers le sol. J'apprends vite et les gestes me semblent rapidement familiers. Du coin de l'œil, je perçois que Connor pense avoir fait le bon choix. Les journées de travail s'enchaînent et j'apprécie déjà cette routine quotidienne. J'en oublie mes peines. Abigail et Connor semblent avoir compris les raisons pour lesquelles j'ai quitté la France. Ils sont discrets et compréhensifs avec moi.

Au coin du feu, à la nuit tombée, nous fumons, Connor et moi. Je lui raconte ma vie en France. Mon récit est composé de mots français et anglais, mais il semble me comprendre ou bien il s'amuse de mes gestes qui facilitent sa compréhension.
Pendant ce temps, Abigail s'occupe de raccommoder le linge de toute la famille, elle sourit quand j'évoque mon amour pour Solange et me demande comment était Solange. Je lui réponds songeur :
— C'était l'amour de ma vie, elle était drôle et jolie.

Je continue en mimant d'un geste de la main sur mon bras que sa peau était toute douce. Abigail rougit et me sourit avec compassion.
Quant à Connor, il semble pensif. Il me lance :
— Tu es un gars bien courageux. Je suis bien content de t'accueillir. J'espère bien que tu vas rester. En tout cas, on va tout faire pour que tu restes.

Au fil des jours, nous nous sommes trouvés et nous apprécions de plus en plus le temps passé ensemble.

LE BONHEUR À PORTÉE DE MAIN

Depuis quelque temps, il me semble avoir trouvé ma place dans ce petit coin du Massachusetts. Je projette toujours de trouver mon propre lopin de terre à cultiver, mais mon pécule est encore bien mince. Je prends conscience également qu'une femme manque à mes côtés. Ma peine est pourtant moins vive, me semble-t-il. J'en viens même parfois à oublier les traits du visage de Solange. Cela me chagrine, mais je n'ai aucune photo d'elle. Le soir, avant de m'endormir, j'essaie de me rappeler tant bien que mal son visage. Hélas, ses traits s'estompent au fur et à mesure du temps. Alors, je m'endors, épuisé et malheureux.

L'année touche presque à sa fin et arrive la fête de Thanksgiving. Comme chaque fin d'année, lors du quatrième jeudi de novembre, Connor emmène sa famille à Boston et je fais partie du voyage. Il me considère à présent comme un membre à part entière de sa famille.

Tous ses amis se retrouvent autour d'un dîner. L'ambiance est festive et joyeuse. Sur la table trône une belle dinde farcie et fumante accompagnée d'un pain de maïs. Pour le dessert s'annonce une tarte à la citrouille. Chacun autour de la table prend le temps de faire ma connaissance et déguste le plat. Nous évoquons la situation économique du pays. Je n'y connais pas grand-chose. Je saisis que le gouvernement met en place des mesures protectionnistes, ce qui met un frein à l'activité malgré la croissance économique du pays.

Durant le repas, je remarque que chaque visage m'est sympathique et je repère, en bout de table, une jolie brunette qui me sourit en retour. C'est la belle Lillian Gish. Surpris par l'intensité de ses yeux, je détourne le regard, ce qui n'échappe pas à Connor. Après le repas, ce dernier me fait signe de sortir pour s'en griller une. Appuyé contre le mur de la bâtisse, Connor me dit :

— Il serait peut-être temps que tu te trouves une femme Mathew, je ne te vois pas souvent sourire, cela te ferait du bien mon gars.

Je ris et lui réponds que j'y songe quelquefois, mais que l'idée m'est encore insupportable.

Peu avant minuit, tous s'apprêtent à reprendre la route en se promettant de se retrouver l'année suivante. Prête à partir, la jolie brunette se rapproche de moi dans une belle accolade et une bise furtive. Je suis gêné, mais je suis content intérieurement, cela me redonne confiance.

Sur ce, nullement gênée, elle me demande :

— Mathew, tu accepterais de m'emmener au bal samedi prochain ?

C'est Connor qui conclut avant que je décline l'invitation :

— Il accepte, mais il est bien trop timide pour te dire oui.

Je deviens rouge de confusion et bredouille un « *yes* » pour accepter l'invitation de Lillian. En rentrant avec Connor et sa famille, je les préviens que je ne suis pas vraiment un bon danseur. Cette remarque fait rire toute la petite famille. Mon anglais n'est pas encore parfait, je m'améliore à leurs côtés. Je suis d'ailleurs satisfait qu'ils m'aient compris et j'en souris intérieurement.

Les jours se succèdent et arrive le jour fatidique. « *Je sors avec la belle Lillian !* », me dis-je en me levant le matin. C'est vrai qu'elle est jolie Lillian. Même si Solange demeure toujours dans mes pensées, je décide de m'y rendre. Pour l'occasion, j'enfile un pull et un cardigan de couleur sombre que Connor me prête pour l'occasion. Nous sommes sensiblement de la même taille.

Avec la carriole de Connor, je rejoins Lillian à Boston. En l'apercevant au loin, je pense qu'elle est vraiment jolie avec ses longs cheveux ondulés. Lillian s'est mise en beauté pour l'occasion. Elle porte sa plus jolie robe de couleur bleu ciel qui fait ressortir ses magnifiques cheveux cuivrés. Le chapeau cloche qu'elle porte lui va à ravir. Je ne peux m'empêcher de lui en faire la remarque. Elle semble avoir compris mon charabia et je la vois sourire avec malice.

Côte à côte, nous marchons en direction de la salle de bal, elle m'attrape le bras et me gratifie d'un large sourire. Arrivés, nous nous faufilons entre les tables et nous en trouvons une un peu plus isolée de la piste de danse. La musique bat son plein au son de « Crazy Blues » de Mamie Smith, joué par l'orchestre. Le Dixieland, première forme de jazz, fait son apparition sur les pistes de danse et les quelques danseurs s'y activent avec plaisir, au son de l'orchestre de la Nouvelle Orléans.

Nous nous attablons et j'observe Lillian qui enlève son manteau et qui le pose sur le dossier de sa chaise. Elle s'assied prestement.

Un serveur vient prendre notre commande. Lillian me conseille un Gin Rickey et elle prend pour elle un Bee's Knees. Elle me regarde droit dans les yeux, soutient mon regard et m'explique qu'elle a vingt-six ans. Elle est anglaise par sa mère Mary et elle a, par son père James, du sang écossais, irlandais et même français. Cela nous rapproche aussitôt. Elle me saisit la main et dans un geste réflexe, je la retire aussitôt. Elle ne manque pas d'audace, mais elle n'insiste pas.

Elle ajoute qu'elle a juste voulu me détendre :

— Tu sembles fuyant Mathew, tu sais, on a qu'une vie et il faut la vivre bien.

Elle n'a pas tort, je fuis son regard insistant. Je pense qu'elle est déçue et qu'elle n'a pas l'habitude qu'un homme lui résiste. Je me surprends à la regarder et je remarque qu'elle a de grands yeux et une bouche en cœur, ou bien est-ce le rouge à lèvres qu'elle porte un peu trop voyant à mon goût. Avec ou sans rouge à lèvres, elle est de toute manière une beauté à part.

Les hommes la regardent pendant que nous bavardons, mais elle n'a d'yeux que pour moi et cela m'intimide. Le serveur nous apporte nos verres. Ça pétille, je ne connais pas cette boisson. Nous siroterons nos verres, j'aime le goût de cette boisson.

Elle continue en me racontant que ses ancêtres ont immigré au XVIIe siècle en Amérique, dans l'Ohio. Ses parents s'y sont mariés et y ont vécu un temps avant de s'installer à New York. Malheureusement, son père a quitté le foyer peu de temps après et elle est restée seule, avec sa mère et sa jeune sœur Dorothy. Lillian se sent bien en ma présence et elle continue à se livrer. Je lui semble, je pense, différent des autres hommes qu'elle a rencontrés, je lui inspire confiance. Je sais aussi qu'en France, les femmes sont moins audacieuses.

— C'est Agnès, une amie d'enfance, qui m'a conseillé, quand j'étais plus jeune, de devenir actrice au théâtre. Ça paie un peu mieux que de travailler à l'usine, plaisante-t-elle.

Elle semble douée pour parvenir à se faire une place dans le milieu.

— Tu sais Mathew, la société américaine est encore réticente et n'approuve pas le choix des femmes qui veulent faire carrière au théâtre et encore moins au cinéma. Pourtant le cinéma muet attire, en ce moment, de plus en plus de femmes et d'hommes désireux de tenter l'aventure. Le cinéma part de la ville d'Hollywood.

Lillian adule cette ville.

— Je sens que le cinéma a de l'avenir, c'est un nouveau moyen d'expression Mathew, un art ! Je te parie que tout va se jouer à Hollywood, me dit-elle.

Elle ne semble pas si bien dire ! Dans ses prochains films, elle va devenir la première star de la firme et elle sera même libre de choisir les films dans lesquels elle souhaitera jouer.

Ainsi, depuis huit ans, Lillian joue au théâtre, mais, à partir de 1912, elle accepte des petits rôles au cinéma. Elle partage ces petits rôles avec sa sœur Dorothy et cela lui convient bien. Elle a même rencontré Sarah Bernhardt et me raconte qu'elle a déjà participé à une de ses tournées. Lillian veut percer dans le métier, faire carrière et devenir célèbre.
— Dernièrement, j'ai joué le rôle d'une jeune fille sudiste, Elsie Stoneman, dans le film « *La Naissance d'une nation* ». Ce film est un chef-d'œuvre, Mathew. Il va transformer Hollywood en industrie, tu verras.
Elle a des papillons dans les yeux quand elle en parle.

Je suis bien loin de tout ça. Moi, je désire faire grossir mon pécule pour acheter un lopin de terre. Mais je reconnais, en mon for intérieur, que je suis plutôt fier de partager ce moment avec Lillian. J'ai bien remarqué que les hommes la regardent avec insistance et la dévorent des yeux, mais ils n'osent pas l'aborder, en ma présence, pour l'inviter à danser.

À la tombée de la nuit, nous n'avons toujours pas dansé, mais nous avons beaucoup parlé. Nous avons passé un excellent moment, mais je sais aussi que Lillian restera pour moi une bonne amie. De son côté, Lillian a compris aussi qu'il n'y aura pas de sentiments amoureux entre nous.
Je ne suis pas assez séducteur à ses yeux. Avec toutes ses idées avant-gardistes, cette femme n'est pas faite pour moi, elle a de grands rêves que je ne voudrais surtout pas briser même si je m'avoue qu'elle me plaît bien. Je sais que je ne lui apporterais rien de plus. Je m'en voudrais de lui promettre la vie qu'elle attend et que je ne pourrais lui offrir.

Moi avant tout, je cherche une femme qui saura me combler, qui aimera partager avec moi une vie simple ainsi que mon travail et que j'aimerais jusqu'à la fin de mes jours. Je ne suis en fait pas pressé, j'ai tout juste vingt ans. J'ai du temps devant moi. Nous repartons bras dessus-dessous, nous avons compris implicitement que nous allons rester bons amis. Je dépose la jeune femme devant la pension où elle vit avec sa sœur Dorothy.

Je reprends la route, avec la carriole de Connor, heureux de cet interlude. Je prends conscience que je n'ai pas pensé à Solange, je suis soulagé, mais aussi un peu surpris. Son souvenir est pourtant toujours présent. Mais durant cette soirée, je n'y ai pas pensé. Je me dis qu'il faut laisser du temps au temps et que tout finira par s'arranger.

Lillian tourne dans de nombreux films comme « *À travers l'orage* » dans lequel son jeu d'actrice est amplement salué ou encore « *Dans les laves du Vésuve* », sorti en 1923, salué pour la réalisation et son talent. Je ne la croise que très peu durant les années qui suivent. À l'époque, les femmes peuvent tour à tour choisir d'être actrices ou bien réalisatrices, sa vie est bien remplie. De son côté, Connor reçoit de ses nouvelles, car elle lui écrit régulièrement. Lillian Gish devient au fil des années une figure incontournable du cinéma en tant qu'actrice, réalisatrice et scénariste aussi.

Dans la vie, il faut être patient et rester confiant. Même dans les plus durs moments de l'existence, la vie nous réserve de bien belles surprises.

LES ANNÉES BONHEUR
1921 à 1928

Nous sommes en janvier et il fait froid. On attend de la neige dans les prochains jours. Une vague de froid avec des températures négatives arrive en effet sur l'Amérique et les cultures risquent de subir, comme en décembre, un nouveau front glacial. Connor s'inquiète et je crains de devoir rechercher à nouveau un travail en ville.

Je n'ai pas revu Lillian depuis notre soirée au bal. À présent, je m'en veux un peu de ne pas avoir fait danser la jeune femme. Mais en même temps, j'en suis soulagé, j'aurais eu l'impression de trahir mon amour pour Solange.

Le froid se maintient durant de longues semaines et les cultures tiennent le coup. Les journées sont courtes, la nuit tombe rapidement le soir enveloppant de son manteau les environs neigeux. Connor et moi, nous en profitons pour entretenir le matériel, préparer les outils pour les beaux jours. Il nous faut nettoyer les bâtiments de son exploitation, l'étable aussi sans oublier chaque jour de sortir, rentrer et nourrir les animaux, les chevaux de trait, la jument et les quelques poules.

En février, Connor ne veut pas se séparer de moi malgré l'hiver rude et long qui persiste. Nous nous entendons si bien. Je suis content d'avoir trouvé une seconde famille. Abigail, la femme de Connor est devenue petit à petit une amie et une confidente. C'est une femme douce et discrète. Elle est aux anges quand sa famille est heureuse et son visage resplendit quand Connor lui envoie, du bout des doigts, un baiser, avant de se rendre au champ.

À l'aube de mes vingt-deux ans, je partage toujours la vie de Connor et de sa famille. Déjà deux ans que je vis dans le Massachusetts. Les jours s'égrènent lentement. Ma vie est paisible, peut-être un peu trop à mon goût. Je m'y plais bien cependant, mais je m'impatiente de trouver une femme. Je me sens seul, j'ai envie de partager ma vie, de vivre avec quelqu'un. J'ai bien croisé de jolies jeunes femmes, à diverses occasions, mais aucune n'a retenu mon attention et encore moins mon cœur. Me voyant seul et désemparé, Connor me fait part, un soir en rentrant du champ, d'un bout de terre cultivable à vendre non loin d'ici. Le soir en me couchant, je me mets à rêver et à imaginer une nouvelle vie.

De bon matin, nous prenons la Ford T qui a remplacé la vieille jument, Connor a ouvert son bas de laine, car il trouve qu'on se rend ainsi bien plus rapidement en ville. Abigail lui reproche d'avoir cédé un peu trop vite à cet achat même si la voiture est d'occasion et qu'elle ressent, en son for intérieur, de la fierté quand son époux conduit cet engin.

La terre en question est située à Quincy, au nord de Boston et à environ quatre miles de Braintree. J'apprends par Connor que la ville est connue pour ses carrières de granit. On peut se rendre aussi sur la côte et découvrir de très belles plages. Pour le moment, c'est la terre qui m'intéresse. Elle représente une parcelle de dix hectares comprenant des terres à cultiver et un verger. Le paysan qui la vend s'en sépare pour la dot de sa fille qui va prochainement se marier. Le prix de la parcelle est abordable. Je sais instantanément que j'ai enfin trouvé mon havre.

Le terrain comprend une petite maison et une étable à retaper. L'affaire est vite conclue, j'ai enfin l'argent et le paysan en demande une somme raisonnable. Je n'ai qu'une hâte, m'installer chez moi. Autour de moi, tout va très vite. Mes nombreux amis, ceux de Connor surtout, se proposent de m'aider et le week-end qui suit l'achat, tous sans exception sont sur le terrain pour entreprendre la rénovation de la maison et de l'étable.

Les villageois sont solidaires, chacun avec ses outils amène une planche de bois et des clous, des pinceaux et de la peinture. Je n'en reviens pas. Il faut dire que je n'ai jamais rechigné à aider les amis de Connor quand ils en avaient besoin. J'ai consolidé ainsi plusieurs charpentes et toitures de bardeaux en bois. C'était nouveau pour moi de travailler avec ces petites planchettes de bois. Je travaillais plutôt sur des toitures de tuiles en France. Mais j'ai rapidement compris comment poser les bardeaux de chêne par chevauchement aussi bien sur les toitures que sur les façades. Pour ma part, je trouve que ce procédé embellit les maisons et le rendu final me plaît bien. Les amis de Connor ont rapidement répondu présents et c'est un juste retour des choses. Je suis tout simplement heureux !

Bientôt, la maison est prête et l'étable remise en état. C'est une petite maison de deux pièces un peu décrépie. La salle à manger a une grande cheminée dont le tablier est noirci par les ans. Il faut longer cette pièce tout en longueur pour accéder à une deuxième petite pièce faisant office de cuisine. Un grand évier en pierre, un vaisselier et une table dans le coin complètent le décor. Une petite chambre se trouve à l'extrémité et ne peut contenir qu'un lit et une table de chevet. Les murs sont jaunis, je me dis qu'il faudra prochainement les repeindre.

Les ouvertures de fenêtres ne sont pas larges et le peu de lumière qui filtre n'illumine pas suffisamment les pièces. C'est pour cette raison qu'Abigail, la femme de Connor, me confectionne des rideaux colorés et me cède même du linge de maison.

Au printemps, je m'installe et, rapidement, je me trouve à mon aise dans ma petite maison. Même si la famille de Connor me manque parfois, je peux me poser et prendre le temps de réfléchir sur le tournant que prend ma vie. Je rencontre moins souvent Lillian qui est très occupée. J'apprends par Connor qu'en 1920, elle a dirigé le film « Remodeling your Husband », avec sa sœur comme interprète. C'est une femme passionnée qui a toujours quelque chose à raconter et comme je ne suis pas très bavard, je me contente de l'écouter, je prends plaisir à découvrir sa vie passionnante. Mais ne l'ayant pas revue depuis un bon bout de temps, nos conversations commencent à me manquer.

J'apprécie ma nouvelle vie routinière qui me rassure, même si la conjoncture n'est pas au beau fixe. En 1924, les fins de mois sont compliquées pour Connor et moi. Nous éprouvons des difficultés grandissantes pour écouler les produits que nous cultivons, car l'agriculture se mécanise de plus en plus. L'offre devient bien plus importante que la demande.

Comme mes terres sont en partie recouvertes d'arbres fruitiers avec des abricotiers, des pommiers et des pruniers, nous avons l'idée, Connor et moi, de fabriquer de l'alcool de contrebande. Il est vrai que nous prenons un peu à la légère le 18e amendement interdisant la fabrication et la vente de boissons alcoolisées. Deux possibilités s'offrent en effet aux citoyens pour en consommer, soit en en obtenant à prix d'or par le biais de la contrebande, soit en se rendant à la pharmacie sur prescription du médecin. Nous trouvons notre idée géniale et nous nous attelons à chercher un alambic. Nous le trouvons chez un paysan, au fond d'une remise toute poussiéreuse et qui nous le cède pour un prix dérisoire. C'est une machine toute en cuivre composée d'une chaudière surmontée d'un tuyau terminé par un serpentin qui, placé dans la cuve froide, sert à la distillation. Nous apprenons rapidement à nous en servir malgré quelques essais infructueux. C'est ainsi que les soirs après notre journée de travail, nous nous empressons d'y distiller les fruits.

À la fin de l'été de retour d'Hollywood, Lillian arrive en fin de journée, au volant d'une belle voiture, et nous retrouve autour de l'alambic. Lillian nous explique qu'elle s'est rendue d'abord chez Connor pour lui faire une surprise. Accueillie par Abigail, cette dernière lui a conseillé de se rendre chez moi.

Dès que Lillian apprend que nous fabriquons de l'alcool de contrebande, elle s'empresse de se joindre à nous. Elle veut qu'on lui explique comment on procède, juste pour savoir. Nous sommes ravis, Connor et moi, de lui montrer la distillation des fruits. Toujours en quête d'aventures et de frissons, Lillian nous propose de nous aider pour écouler les bocaux d'alcool. Nous savons que cela peut être dangereux pour elle et sa carrière, mais devant l'insistance de Lillian, nous ne résistons pas à son offre alléchante :

— Il est de plus en plus difficile de consommer de l'alcool. Je peux me charger de trouver des acheteurs. Mes contacts sont nombreux avec le cinéma. Allez dîtes oui !

Nous acceptons qu'elle se charge uniquement de cette partie. Nous ne voulons pas la mettre en danger. Elle ajoute :

— Les acheteurs sont légion dans le secteur du cinéma et les « Speakeasies » sont en vogue en ce moment.

— De quoi s'agit-il Lillian ?

— Ah les garçons, il faut sortir un peu de votre campagne ! Ce sont des bars qui sont reconnaissables avec leurs portes peintes de couleur verte. Il est possible d'y consommer de l'alcool en toute discrétion. Vous devriez sortir un peu plus !

À partir de ce moment, ce sont environ cinq bocaux d'un gallon qui voyagent, tous les mois, vers Boston dans la petite camionnette achetée pour l'occasion. L'argent rentre facilement, mais il s'agit de ne pas se faire prendre. Nous déposons les bocaux chez Lillian qui ensuite se charge de les vendre discrètement quand elle rentre de tournage. Avant de rentrer, Connor et moi, nous nous rendons au cinéma et, cette journée-là, je me rappelle, nous voyons sur le grand écran du *Park Theatre* de Boston, « *La folie d'une femme* », le film réalisé par Lillian. En sortant du cinéma, nous avons tous les deux envie de la féliciter. Nous la retrouvons à la pension et nous passons une partie de l'après-midi à discuter avec elle, de tout et de rien. Nous la quittons et avant de reprendre le chemin du retour, nous nous arrêtons au pub du coin pour boire une pinte et rentrer, je l'avoue, un peu éméchés mais joyeux.

Un mois plus tard, aux premières lueurs du jour, j'ai la désagréable surprise d'être sorti de mon sommeil par des agents de la Prohibition. La peur me saisit. Vêtus de leurs longs manteaux noirs et de chapeaux à haut de forme, ils sont impressionnants. Ils investissent la maison et saisissent quelques bocaux en attente de livraison, dissimulés dans le cellier. Ils me poussent à l'extérieur sans ménagement et m'invectivent.

À présent, je suis effrayé à l'idée d'être renvoyé en France. Je pressens que j'ai été dénoncé par un voisin malveillant et jaloux. Je sais qu'en ce moment, les agriculteurs profitent peu de la prospérité croissante du pays et de l'*American Way of Life*.

Nous sommes bien les seuls avec Connor à avoir encore des économies. L'année dernière, le voisin en question a été obligé de souscrire un crédit et il rencontre déjà des difficultés à honorer les mensualités de remboursement. C'est ainsi, lors de notre dernière soirée à la buvette, qu'il nous a surpris à en plaisanter, je pense. Nous n'avons pas remarqué sa présence et il a dû surprendre notre conversation sur le fait que nous n'avons pas besoin de contracter un crédit pour mieux gagner nos vies. Suspicieux de nature, le voisin nous a alors surveillés. Il a dû constater que nous réalisions de nombreux aller-retour, chaque semaine, pour nous rendre à Boston. De plus, quand Connor est quasiment ivre, il se vante qu'il va bientôt s'acheter une automobile encore plus belle. C'est à ce moment-là que j'en profite en général pour dire à Connor qu'il est temps de rentrer, mais il devient alors plus que bavard sur nos activités. Je m'empresse alors de le ramener chez lui complètement ivre. Pendant plusieurs jours, Abigail peste après nous.

Pourtant le reste du temps, nous sommes discrets. Connor est aussitôt prévenu par Howard, l'ami de toujours, qu'une descente de police a lieu à Quincy. Il me rejoint aussitôt, ne voulant pas me laisser seul affronter les agents anti-alcool. Arrivé sur les lieux pour se rendre à mes côtés, Connor n'en mène pas large, mais il me rejoint. Il s'aperçoit non sans plaisir qu'un des agents est d'origine irlandaise. D'un regard rassurant, il me dit de ne pas m'inquiéter. Il s'empresse de saluer les agents de manière débonnaire. Le chef, un homme rondouillard et brun, l'arrête aussitôt et lui demande son identité :

— Nous avons appris que vous fabriquiez de l'alcool. Quel est votre nom ?

Par une pirouette, Connor n'avoue pas vraiment. Il lui donne son identité et lui répond tant bien que mal qu'il est difficile désormais de se fournir de l'alcool et qu'un petit verre de temps en temps, ça ne fait pas de mal. Le chef ne semble pas vouloir l'entendre. Il commence à rédiger sa contravention. Je n'en mène pas large. Sortant de la maison, un policier apostrophe Connor :

— Oh, mais toi le grand rouquin, tu es un gars de chez nous ! John, laisse donc ce gars tranquille, c'est un gars de chez moi.

Connor lui répond aussitôt par l'affirmative et après avoir évoqué le souvenir de leur pays, le chef décide de ne pas m'emmener.

— Comme votre ami Connor connaît mon équipier, pour cette fois, il faudra juste vous acquitter d'une grosse amende à régler. Vous n'irez pas devant le juge, je ne vais pas dresser de procès-verbal, mais ne recommencez pas sinon, la prochaine fois, vous écoperez d'une peine de prison.

Sur ces mots, les agents quittent la maison. Avec Connor, nous pressentons que nous avons été dénoncés par le voisin. Nous décidons de lui rendre une petite visite. Nous garons la voiture devant sa maison. L'homme sort aussitôt et nous dit :

— Alors les gars, vous vous êtes fait remonter les bretelles par les agents de la Prohibition ?

Le sang de Connor ne fait qu'un tour. Il descend de la voiture et marche jusqu'à lui pour l'empoigner par le col de sa chemise :

— C'est toi qui nous as dénoncés, avoue ! J'en suis sûr. Tu sens la traîtrise à mille lieux.

L'homme petit et recroquevillé sur lui-même ne fait plus le fier. Il se sent démasqué. Connor lui assène alors un violent coup de poing dans le ventre. L'homme en a le souffle coupé et tombe sur les genoux :

— Je vous interdis de me toucher. Je vais aller voir la police et cette fois-ci, les immigrés, vous retournerez dans votre pays pour de bon ! C'est pas juste que vous viviez mieux que nous, les Américains.

Connor le relève violemment. Il l'attrape par la nuque et nous entrons dans la maison, à l'abri des regards. Dans la cuisine, Connor assied l'homme sans ménagement sur une des chaises.

— Mon gars, tu nous as occasionné assez d'ennuis. Nous n'avons rien contre toi et comme nous sommes de bons gars, nous allons te dédommager. Ça te dirait deux bocaux pour ta consommation personnelle ? Ça doit bien te manquer un petit verre d'alcool de temps en temps.

L'homme relève la tête et ajoute :

— Ce que je veux pour mon silence, c'est dix pour cent de ce que vous gagnez !

Connor et moi, nous éclatons franchement de rire. Je lui réponds :

— Tu crois que l'on a gagné autant d'argent que ça !

— Oui, vous avez chacun acheté une voiture !

Nous sommes bien embêtés, mais nous ne voulons pas lui céder. Je le vois au regard de Connor qui ajoute, avec une voix que je ne lui connais pas :

— Et mourir, ça te dit ?

La conversation prend un tout nouveau tour et cela m'effraie. Je ne suis plus tout à fait en accord sur la manière d'agir de Connor. Il va trop loin. Je demande à Connor de me laisser faire. Celui-ci s'éloigne et en profite pour faire le tour du propriétaire. Je dois intervenir :

— Tu vois, mon ami n'est pas aussi gentil que moi. Tu devrais prendre ce que l'on te propose et fermer les yeux sur notre activité passée. Nous allons en rester là. Tu vas accepter les bocaux qu'il nous reste et que les policiers n'ont pas trouvés. Tout va bien se passer pour toi. Sinon, c'est mon ami qui se chargera de te faire taire. Tu as compris ?

L'homme opine de la tête. Il paraît rassuré, mais il semble déçu.

Nous décidons de le quitter, non sans lui avoir flanqué une claque magistrale dans le dos, franchissons la porte d'entrée, sans prendre la peine de la refermer sur notre passage, et nous reprenons le chemin du retour.

La semaine qui suit notre visite chez le voisin qui nous a dénoncés, Connor aperçoit une voiture qui se gare sur le côté de sa maison. C'est le policier irlandais qui en descend.

Il me raconte en détail son entrevue tellement il en a été surpris. J'ajoute :

— Mais qu'est-ce qu'il est venu faire chez toi ?

— Il avait envie de me revoir pour évoquer le bon vieux temps passé au pays. On a parlé de notre vie en Irlande.

— Tu n'as pas trouvé ça bizarre ? Lui répondis-je

— Non, pas vraiment. Nous les Irlandais, nous sommes comme ça. On a quitté notre pays, mais on reste toujours nostalgique de notre patrie, tu sais.

— Je comprends, mais continue à me raconter.

— Ensuite, il a fait allusion à notre alcool. Il m'a fait comprendre qu'il en boirait bien un petit verre. J'ai bien fait mine de ne pas comprendre. Mais il s'est mis à rire et il m'a répondu : « *Ne t'inquiète pas mon gars ! Je ne dénoncerai jamais un compatriote. Tu sais, les bocaux qu'on a saisis chez ton ami le Français, nous nous les sommes partagés sans que le chef s'en aperçoive. Il est vraiment bon votre alcool. Le chef, il est tombé malade mercredi dernier et il est au fond de son lit à l'heure qu'il est. Quand il sera de retour, on fera mine de ne pas savoir où les bocaux sont passés. On trouvera bien quelque chose à lui raconter* ».

— En fin de compte, c'est un policier pas vraiment honnête. Tu n'as pas peur ?

— Non, il s'est bien mis à ricaner, mais je ne le connais pas plus et j'avais pas d'autre solution Mathew. Je suis donc allé chercher les deux derniers bocaux que je gardais pour ma consommation. Je les ai posés sur la table et je lui ai dit « voilà ce sont les tout derniers bocaux que vous n'avez pas perquisitionnés. On boit un verre ensemble et tu les emportes avec toi. Ça te va ? » Il m'a répondu : « *Bien sûr que ça me va* » !

Je ne peux m'empêcher d'ajouter :

— Et alcoolique en plus !

C'est Connor maintenant qui rit de mon inquiétude.

— Je te dis que les Irlandais n'ont qu'une parole. Arrête donc d'avoir aussi peur Mathew !

— Je n'aime pas ce type. Nous allons avoir des problèmes Connor !

— C'est vrai qu'ensuite, il a insinué que nous continuions toujours à distiller de l'alcool. Je lui ai répondu que nous avions arrêté et que l'alambic ne fonctionne plus d'ailleurs depuis leur visite.

Je lui ai expliqué qu'il avait chuté et qu'une pièce s'est brisée. J'ai continué en lui disant qu'ils nous avaient fichu la frousse lors de la perquisition.

— Moi je te préviens Connor, je ne tiens pas à aller en prison et encore moins retourner en France pour le moment. Tu as une famille ! Que penseraient Abigail et tes enfants ? Tu y songes Connor ?

— J'en ai conscience Mathew. Il m'a assuré qu'il ne dirait rien sur ces deux bocaux. Il a continué en disant que nous avions bien fait d'arrêter et qu'il nous avait sauvé la mise avec son chef et que l'on était quitte à présent.

— J'espère vraiment qu'il le pense Connor !

— Ensuite, il s'est levé. Il a emporté les bocaux qu'il a déposé dans le coffre de sa voiture, après les avoir cachés sous une couverture. Il est prudent. Il m'a salué et a repris le chemin qui mène à la grande route en direction de Boston. Je suis resté un moment sur le pas de la porte et je t'avoue que j'ai quand même eu chaud Mathew. Heureusement qu'Abigail n'était pas là.

Je ne peux m'empêcher de frissonner au récit de Connor. Peut-on vraiment faire confiance à ce policier ? À l'expression de mon visage, Connor ajoute :

— Mathew, une parole d'Irlandais, ça ne se discute pas. Ne t'inquiète pas, nous n'aurons pas de problème à l'avenir. Mais il va falloir être à présent très prudents.

À l'avenir, nous redoublons de vigilance. Nous réparons l'alambic et nous le dissimulons dans l'étable, bien à l'abri des regards. L'argent continue de rentrer jusqu'à la fin de la Prohibition, en 1933. Nous changeons souvent de trajet pour nous rendre à Boston et nous évitons d'aller à la buvette pour rentrer sobres. De plus, nous ne sollicitons plus Lillian afin de la protéger. Le succès de Lillian est grandissant et elle est maintenant connue.

En début d'année 1925, je peux m'acheter une voiture et me rendre plus facilement à la foire aux chevaux. Je projette en effet d'acquérir un second cheval de trait.

Par un printemps radieux, cette fête m'offre la plus belle des surprises. Quelles que soient les décisions que l'on prend, il y a toujours une surprise au bout.

C'est là que je rencontre Morgan pour la première fois. Je n'ose bien entendu pas l'aborder en premier. Elle est la coqueluche des fermiers. C'est une belle jeune femme brune aux yeux verts, grande et élancée. Elle est souriante et naturelle. Ses cheveux sont longs et crantés à la dernière mode. Cela lui va très bien.

Elle a pour elle la grâce, même chaussée de bottes en cuir poussiéreuses et d'un pantalon de la même matière. Elle semble à l'aise autant avec les bêtes qu'avec les hommes qui viennent lui acheter des chevaux. Cette fille semble tout droit sortie d'un autre monde, d'une autre époque.

Ressemblant à un cow-boy, version femme, tout autant à l'aise dans un univers masculin, mais féminine dans chacun de ses gestes, il émane d'elle une force tranquille et une confiance qui m'émeut aussitôt. J'en perds mes moyens.

Je suis en train de me dire qu'elle est incroyablement belle quand elle tourne la tête et qu'enfin, je me décide à l'aborder du regard. Malgré ma timidité, j'ai vraiment besoin d'un cheval de trait et ses bêtes semblent plutôt en bonne santé. Je la surprends en train de chuchoter à l'oreille du cheval comme si elle lui demandait de lui pardonner de se séparer de lui. C'est ce qu'elle me confirmera plus tard. Elle lève la tête et semble surprise et confuse de mon regard empreint de tendresse. Cela la chavire et je lui souris en retour. Je lui explique que je cherche un cheval de trait pour labourer mon lopin de terre situé non loin d'ici. Elle a entendu parler de moi et me dit en anglais :

— C'est vous, le fameux contrebandier français !

À ces mots, je rougis et souris, honteux qu'elle puisse me connaître de cette manière, toutefois cela ne semble pas la gêner. Elle me sourit à son tour en ripostant, d'un ton espiègle :

— Et depuis, vous êtes devenu plus sage ? Il semblerait que les agents de la prohibition n'aient pas été bien méchants avec vous ! Vous avez eu de la chance, vous savez !

J'acquiesce de la tête et je lui envoie mon plus beau sourire tout en haussant les sourcils. Elle éclate de rire en voyant ma mimique et son rire me fait l'effet d'un baume sur le cœur. Une certaine complicité s'installe alors entre nous. Elle se rapproche de moi et j'en fais de même. Je ne peux m'empêcher de la frôler. Cette femme m'attire irrésistiblement. Je ne peux dégager mon regard de son visage, je suis comme « aimanté » à elle. Elle rougit et comme si elle n'avait rien ressenti, elle me conseille, avec sérieux, un cheval de trait docile et encore jeune. Elle m'en propose un bon prix.

Un peu nerveux, je l'invite pour la remercier à boire un café. Elle accepte et je devine qu'elle en est ravie. Nous nous dirigeons vers la buvette à l'écart des bêtes et des vendeurs. Je ne peux m'empêcher de la regarder en savourant ma boisson.

— Qu'est-ce qui fait que vous êtes là à vendre autant de chevaux ? Vous travaillez pour quelqu'un ?

Elle sourit et me répond :

— Mon père est décédé il y deux ans et ma mère l'a suivi peu de temps après. J'ai dû reprendre seule les rênes de l'exploitation.

Je suis surpris et gêné par sa réponse.

Cette femme est incroyable. Reprendre toute seule une exploitation, à son âge, cela me semble inouï. Elle ne ressemble à aucune femme rencontrée de toute mon existence. Elle les surpasse en tout point. Elle est incroyable, je la trouve encore plus belle.

— Depuis mon plus jeune âge, j'ai toujours aidé mes parents. Le travail ne me fait pas peur et il n'est pas question que je revende l'exploitation. J'y ai passé toute mon enfance. Au décès de mes parents, j'ai reçu plusieurs visites d'acheteurs. Je me suis même fait harceler. J'ai dû apprendre à me défendre. Mon père m'a appris à monter à cheval, mais aussi à bien me servir d'un fusil. D'ailleurs, un acheteur un peu plus agressif que les précédents est reparti avec du petit plomb qui a sifflé à ses oreilles. Le monsieur a pris ses jambes à son cou et je ne l'ai jamais revu depuis.

Nous éclatons de rire en imaginant la scène. Je n'en reviens pas. Elle m'impressionne. Moi, je ne sais même pas me servir d'un fusil. Cela la fait rire. Il émane bien d'elle un charme et une confiance assumée, pleine de sagesse et de bonté, elle est magnifique. Elle est comme une fleur en été, ouverte et fragile, mais résistante. Nous nous promettons de nous revoir et c'est ce que nous faisons le week-end qui suit notre rencontre.

La journée du samedi s'annonce radieuse. Nous avons prévu de nous retrouver pour déjeuner au bord de la rivière Concord, à Lowell plus précisément, à une trentaine de miles au nord de Boston, à hauteur de North Bridge. Il fait beau et Morgan a préparé différents petits sandwiches, mais aussi un délicieux brownie au chocolat. Je me régale, Morgan est aussi un fin cordon bleu.

Après avoir pique-niqué, nous rassemblons toutes nos affaires dans le panier en osier de Morgan et nous décidons de marcher le long de la rivière. Morgan connaît la faune et chaque petite herbe rencontrée sur le chemin. Cette femme m'impressionne aussi par ses connaissances.

Soudain, elle me demande :

— Est-ce que vous comptez retourner un jour sur votre terre natale ?

— Non, j'ai rompu quasiment mes liens amicaux et familiaux. J'ai bien écrit à mon arrivée en Amérique, mais je n'ai jamais eu de réponse de ma famille. J'ai en fait trop de souvenirs douloureux. J'ai quitté la France sans me retourner et je souhaite ardemment refaire ma vie en Amérique. J'ai perdu mon amour d'enfance à cause de l'épidémie de grippe espagnole.

Attristée, elle me regarde. Elle semble attendre la suite de mon récit.
— Je désire avant tout me marier et avoir des enfants, cultiver ma terre et trouver le bonheur.
— Je suis veuve depuis quelque temps. Mon époux est décédé des suites de la poliomyélite. Une petite fille est née de notre union, Jeanne.
— Votre fille porte un nom français, vous le savez ?
— Mes ancêtres sont français et écossais. C'est mon époux qui a choisi à la naissance le prénom de la petite. Il l'a trouvé dans une revue de mode provenant de France.

Soudain, Morgan me répond en souriant en français avec un accent américain assez prononcé. Mon cœur bondit alors dans ma poitrine. Son français est hésitant, mais elle se débrouille plutôt bien.
— Les années sont vraiment dures pour moi. Je veux refaire ma vie maintenant et avoir enfants. Je suis heureuse avec le père de Jeanne, on s'entendre bien. Quand il est mort, je suis dans un grand chagrin. J'ai aidé lui quand ses bras et jambes sont sans vie. Je suis restée avec lui quand il est mort. Je ne sais pas comment il est devenu maladie. Peut-être l'eau du plan d'eau qui n'est pas bonne, il a bu l'eau pendant les longues promenades à cheval. Il dit souvent : « Si cheval boit l'eau, tu peux boire aussi, c'est de l'eau propre ».
Elle poursuit dans sa langue :
— J'en doute fortement à présent.
Intimidé par tant de courage, je me surprends à lui prendre la main et nous marchons en longeant la rivière sans dire un mot, comme si

tout ce que nous voulons nous dire passe par nos mains soudées. Dans un élan, j'attire la jeune femme et je l'embrasse délicatement. Quand, à son tour, elle répond à mon baiser, je suis le plus heureux des hommes. Même si nous sommes encore blessés par la perte de nos conjoints, nous savons au fond de nous-mêmes que nous nous sommes trouvés.

À partir de ce moment-là, nous ne nous quittons plus. Pour nous, c'est une évidence et pour nos amis également. Nous formons un joli couple assorti. Je fais la connaissance de Jeanne, sa sémillante petite fille âgée de quatre ans, toute blonde, adorable et gracieuse.
En me voyant, la petite n'hésite pas à me dire dans un français impeccable, mais teinté d'un accent du pays :
— Bonjour Monsieur Mathew.
Je lui souris. Cette enfant qui a perdu son papa est pleine de vie et je sens qu'elle m'accepte instantanément. J'en fais de même. Je suis comblé par la vie.

Morgan et moi, nous nous marions au sortir de l'été. Pour l'occasion, Connor a loué pour nous une voiture sur laquelle une pancarte sommaire accrochée au pare-chocs indique « *Just married* ». Nous faisons le tour du village et nous rendons à l'auberge du coin pour fêter tous ensemble notre union. Le repas se passe dans la gaîté. Je suis tout simplement heureux. Dorénavant, seul notre amour compte et notre bonheur présent et à venir. Nous nous sommes dit oui pour la vie.

Nous emménageons dans la maison des parents de Morgan à Braintree, à quelques miles de mon ancienne maison et de mes terres. La ville partage ses frontières avec Quincy au nord, je ne me sens pas éloigné de Connor et de sa famille, j'en suis satisfait.

Située au milieu d'un vaste terrain entouré d'arbres près de Factory Pond, à l'est de Braintree, la maison est bien plus confortable et plus grande que la mienne, petite et spartiate. La nature est présente partout, je m'y sens bien.

Notre foyer est composé de trois grandes pièces lumineuses recouvertes de chaux. Une grande pièce fait office de cuisine et de salle à manger où trône un piano. Une chambre spacieuse et une légèrement plus petite, pour Jeanne, complètent l'ensemble. Cette maison a été meublée avec goût avec des meubles en chêne clair réalisés par le papa de Jeanne qui avait un certain talent pour travailler le bois.

À l'extérieur, une immense cour centrale où se tiennent la grange et l'écurie avec de grandes portes ouvrant sur les box des chevaux. De la paille sur le sol pavé, des auges, des mangeoires et des râteliers en hauteur pour le foin et cette odeur qui me séduit aussitôt. L'endroit est propre et les chevaux semblent paisibles. Quelques jours après mon arrivée dans cette maison, j'ai la chance d'assister à la naissance d'un poulain. C'est quelque chose de magique.

Là encore Morgan me surprend par sa douceur auprès de la jument qui attend de mettre bas. Sa dextérité aussi pour accompagner le poulain arrivé durant la nuit et qui nécessite son aide pour se redresser sur ses jambes, car la mère affaiblie manque de forces pour l'aider à se relever.

Autour de la maison s'étale un jardin composé de massifs de fleurs jaunes et blanches. « *Ce sont des lupins* », m'explique Morgan. Il y a une grande table en chêne tout en longueur qui peut rassembler, il me semble, un nombre incroyable de convives par le nombre de bancs.

Cette maison rappelle le bonheur qu'ont très certainement connu Morgan et sa fille. Je souhaite, à mon tour, les rendre heureuses. Pour cela, je travaille dur, je continue à m'occuper de mes terres et j'accompagne désormais Morgan à la foire aux chevaux.

Les week-ends, nous les passons tous les trois. Nous faisons de longues promenades main dans la main et nous prenons plaisir à pique-niquer. La petite Jeanne ressemble beaucoup à sa maman. Elle s'intéresse aux petites choses insignifiantes, mais qui pourtant ont de l'importance. Comme Morgan, elle connaît le nom des fleurs. Sensible, elle ne supporte pas qu'on puisse cueillir les fleurs, quelles qu'elles soient, pour en faire un bouquet.

De sa petite voix fluette, elle nous dit :

— Les fleurs sont là pour rendre le monde plus beau. Quand on les coupe, nous leur enlevons la vie, c'est pour ça qu'elles finissent par faner, elle termine par, on ne cueille pas les fleurs !

Cette enfant fait notre joie par son innocence et sa gentillesse.

Au fil de nos promenades, je finis même par la croire. Je pourrais tout croire, j'aime cette petite fille comme ma propre fille. Elle est tendre, gaie et inventive. Elle ramasse des petits cailloux aux formes différentes pour en faire collection, dit-elle, mais aussi des insectes. En effet, nous en retrouvons partout dans ses poches, dans son lit et même dans son cartable.

Un an plus tard, durant l'été, nous nous rendons tous ensemble avec la famille de Connor au lac Sunset, situé au sud de Braintree, pour faire du bateau. Entouré d'une végétation dense, c'est un magnifique lac qui est facilement gelé de décembre à mars. C'est pour cela que nous profitons au maximum de nous y rendre au printemps et à l'été. Ce sont de loin mes journées préférées. Nous emportons alors tout le nécessaire et nous campons au bord du lac. Les bateaux disponibles sont en fait des petites barques équipées de deux voiles sommaires.

Connor et moi, nous emmenons les garçons et nous nous laissons dérivés, portés par le vent, pendant que les garçons plongent et nagent autour de la barque.

En fin d'après-midi, j'emmène Morgan faire un tour, je pagaie jusqu'au milieu du lac et nous restons là silencieux à observer la nature. C'est notre moment de détente favori et nous le savourons paisiblement.

Les enfants sont surveillés par Abigail qui n'a pas le pied marin. La petite troupe reste à l'ombre des arbres à jouer avec des quilles qu'ils renversent à l'aide d'une masse ronde. Au loin, nous les entendons s'amuser et rire.

Le soir venu, au coin du feu, nous savourons tous ensemble le magnifique coucher de soleil aux couleurs chaudes et scintillantes qui se reflètent sur le lac. Ce moment est apprécié comme une récompense et lance le signal du repas durant lequel nous dégustons ensemble des brochettes de saucisses et des épis tendres de maïs.

Le dîner est source d'échanges. À la fin du repas, nous chantons et reprenons en chœur la même chanson dont j'ai oublié le titre. Nous nous racontons aussi des histoires. Inlassablement, les enfants me demandent de leur raconter ma vie en France.

— Je viens d'un village qui s'appelle Gerberoy.

Chacun essaie de répéter ce mot difficile à prononcer.

— Là-bas, j'aimais avant tout me promener dans les jardins de mon ami le peintre Henri. En plus de peindre de magnifiques tableaux, il a créé un splendide jardin rempli de fleurs jaunes, blanches et bleues. J'aimais arpenter les sentiers jusqu'au Temple de l'amour.

Ils me demandent de quoi il s'agit :

— C'est une sorte de kiosque avec en son centre un angelot reposant sur une petite tour recouverte de rosiers.

Chacun semble dubitatif quant à mon explication. J'occulte ma vie avec Solange, car mes souvenirs me laissent, malgré les années, une légère tristesse dont je n'arrive pas à me défaire.

À la nuit tombée, nous rentrons dans nos tentes en nous souhaitant une bonne nuit. Nous tentons de nous endormir, enroulés dans nos duvets à même le sol, malgré le bruit des chouettes rayées qui chassent à la recherche de petits rongeurs ou bien d'autres oiseaux plus petits.

Au petit matin, Connor et moi, nous nous saluons et nous savons que nous sommes chargés de préparer le petit-déjeuner. Nous chauffons le café et les galettes de maïs sur le petit réchaud.

Au bout d'un moment, nous appelons notre petite troupe d'un tonitruant :

– Good morning, guys !

Là, nous voyons sortir des tentes les enfants tout ensommeillés et heureux de nous voir. Nous déjeunons dans la bonne humeur, même si les adultes sont parfois raidis par le manque de confort de leur nuit. Nous repartons en fin de matinée et finissons la journée chez Connor ou chez nous, dans notre étable. Nous partageons alors un repas copieux et l'après-midi se termine par des jeux de cartes, ou en chansons et en danses.

Le swing et le charleston sont à la mode et nous nous y mettons petit à petit, le dansant à deux et en rythme. Les enfants nous imitent aussi et cela nous amuse. Fatigués de nos gesticulations, nous terminons la soirée au coin du feu, les enfants couchés. Nous prenons plaisir à commenter le retour de la prospérité dans le pays. À une heure avancée de la nuit, les amis nous quittent et nous allons nous coucher heureux et satisfaits de notre week-end.

Les fins de semaine de cet été particulièrement chaud, les enfants toujours partants, nous nous retrouvons pour camper, heureux de retrouver cette routine des beaux jours jusqu'à l'automne que nous passons à Braintree. À l'ombre des arbres, nous marchons pour chercher des châtaignes et ramasser des champignons que nous dégustons tous ensemble au coin du feu. Nous finissons les soirées en dansant jusqu'à vingt-deux heures. Il nous tarde de retrouver notre lit, car les journées raccourcissent et l'air est plus frais.

L'hiver arrive rapidement. Il se passe alors au coin du feu, dans la salle à manger. Nous en profitons, Morgan et moi, pour jouer aux cartes et lire. Nous passons beaucoup de temps à lire des histoires à Jeanne. Il nous arrive aussi de lui en inventer et de les lui mimer. La soirée se termine en éclats de rire et nous avons hâte de recommencer le week-end suivant. Les journées sont courtes, nous avons besoin de repos, car les journées sont bien remplies. La semaine, en rentrant de nos activités, nous dînons et nous nous couchons peu de temps après. Il arrive que les journées soient plus calmes aussi. Jeanne va à l'école. Morgan et moi, nous nous affairons auprès des chevaux et nous prenons soin de nos terres et des outils qui serviront dès la saison prochaine.

Ponctuellement, nous nous retrouvons aussi chez Connor autour d'un « gueuleton ».

Abigail sa femme nous sert un ragoût composé de pommes de terre et de légumes cuits dans une sauce dont elle a le secret. Son ragoût, tout le monde en raffole. Nous passons la journée du dimanche à table. Les repas n'en finissent pas, nous passons ensemble du bon temps.

Les garçons de Connor se querellent entre eux pour obtenir les faveurs de Jeanne. Ils aiment s'amuser avec elle et ils lui apprennent notamment à jouer aux Jacks. Nous les entendons parfois crier, car un des enfants a triché, mais jamais ils ne se disputent vraiment. Les garçons prennent soin de Jeanne qu'ils considèrent comme leur petite sœur. Avec eux, la fillette a toujours le dernier mot. Je n'ai jamais su lequel des trois trichait, car ils se gardaient bien de nous le dire.

Sur les conseils de Connor, j'arrête la fabrication et la vente d'alcools. Il est devenu imprudent de continuer dans cette voie et Connor ne voudrait pas qu'il arrive quoi que ce soit à ma famille. D'un commun accord, nous arrêtons notre trafic. De toute manière, nous avons engrangé assez d'argent pour vivre confortablement. À part l'achat de deux voitures, d'une camionnette d'occasion et d'un gramophone, nous avons été prévoyants en garnissant généreusement nos bas de laine respectifs et nous nous en félicitons.

En 1925, avec l'arrivée de l'électricité, nous en achetons et nous louons une machine à laver comme il est d'usage. Cet appareil est dingue. Morgan ne cesse de vanter les mérites de cette machine auprès d'Abigail, la femme de Connor, mais celle-ci préfère continuer à laver son linge à la force de ses bras. Morgan explique à qui veut bien l'écouter comment le moteur électrique fait tourner le cylindre pendant que la pompe amène l'eau dans la machine. On ajoute du savon et l'agitation du linge fait disparaître la saleté comme par enchantement.

Quelques mois plus tard, nous louons un réfrigérateur pour conserver les aliments au froid. Morgan essaie de me convaincre qu'on a dorénavant plus de temps pour faire d'autres choses comme pique-niquer, aller au cinéma, nager… Je suis content pour elle. J'imagine que cela soulage ses journées bien chargées, mais il me semble que l'on avait déjà du temps pour partager ensemble toutes ces activités !

Un an plus tard, la situation du pays montre des signes de faiblesse. Les usines produisent plus que ce que la population ne peut acheter. Heureusement, nos économies nous aident à faire face.

Au moment de notre union, étant en tournage pour le film « *La lettre écarlate* » qui connaît un vif succès, Lillian n'avait pas pu assister à notre mariage. Elle nous rend visite dans les mois qui suivent. Elle se réjouit de notre union et elle accepte aussitôt Morgan. Les deux jeunes femmes sont pourtant bien différentes à tout point de vue. Morgan est d'un tempérament calme, Lillian est tout feu tout flamme. Physiquement aussi, elles sont différentes. Morgan est brune, grande et élancée, Lillian est plutôt blonde en ce moment, plus petite et en rondeurs. Néanmoins, toutes deux s'entendent à merveille. Lillian lui raconte des anecdotes sur le monde du cinéma et les films dans lesquels elle joue. Je me rappelle très bien qu'elle nous a raconté plusieurs fois cette soirée mémorable à laquelle elle a été invitée par un célèbre réalisateur.

Elle ne peut alors s'empêcher de rire en nous racontant que lorsque les lumières se sont éteintes, un énorme éléphant est apparu au grand dam des invités au milieu de la salle de réception. Cela a créé un sacré effet.
– Un éléphant en chair et en os revêtu d'une parure toute d'or et de brocarts ! s'exclame-t-elle.
Elle poursuit en nous précisant que l'éléphant a été transporté on ne sait d'où jusqu'en Californie, par une journée particulièrement chaude :
— Lorsque la nuit s'est invitée, un feu d'artifice a été tiré pour éblouir les invités et le pachyderme effrayé par le bruit a alors tout renversé sur son passage, la grande table, les grands chandeliers. Les invités, quant à eux, ont été littéralement bousculés sans ménagement par lui. Finalement, la soirée s'est terminée avec de nombreux invités affolés qui ont pris la fuite.
Il est certain qu'en compagnie de Lillian, les journées passent plus vite et nous ne nous lassons jamais de ces histoires toutes plus ou moins rocambolesques.

À son tour, Morgan enchante Lillian par ses connaissances en matière de bêtes et de flore. La petite Jeanne se mêle à leurs conversations et rêve déjà de faire du cinéma. De temps en temps, elle se met à tournoyer avec ses bras et nous dit :

— Je veux être actrice et danseuse en même temps.

Lillian lui répond :

— Le monde appartient aux audacieux, tu peux devenir tout ce que tu veux ma petite Jeanne, n'arrête jamais de rêver !

De temps en temps, Abigail, la femme de Connor, se joint à leurs conversations, mais elle n'est pas aussi attirée par le cinéma que Morgan.

Nous, les hommes, nous fumons cigarette sur cigarette et parlons du bon vieux temps, des actualités et notamment des procès des deux Italiens anarchistes Sacco et Vanzetti, accusés de braquages, procès qui dure depuis 1920 et qui occupe quasiment toutes nos discussions.

Étant nous-mêmes des émigrés, nous soutenons ces deux hommes et pensons qu'ils sont innocents. Pour ma part, je soutiens qu'ils sont tous deux innocents. Connor quant à lui, pense que Vanzetti lui, n'est pas coupable. En bon Irlandais, c'est toujours Connor qui a le dernier mot, car comme tous les Irlandais, il a hérité du don de la parole. Quand nous en avons assez débattu et que les femmes commencent à nous demander de changer de sujet, nous enchaînons sur notre volonté de changer de voitures, mais aussitôt, Abigail nous en dissuade.

L'année suivante, Lillian nous rend visite à plusieurs reprises. Elle séjourne souvent à la maison. Morgan s'en est fait une amie et elles partagent beaucoup de choses ensemble. À nos côtés, Lillian remarque qu'elle vit la « vraie vie ». Elle partage notre quotidien entre les champs et les chevaux. Elle nous explique que le monde du Cinéma est une vraie jungle. Elle a réussi à s'y faire une place, mais elle se demande toujours pour combien de temps. De jeunes actrices font leur apparition et n'hésitent pas à tout accepter, elles ne se font pas toujours remarquer pour leur talent.

Elle vient de tourner le film muet « *La Bohème* », réalisé par King Vidor dont elle est secrètement amoureuse. Mais cet homme, récemment divorcé a rencontré l'actrice Eleanor Boardman dont il s'est entiché sur le tournage. Il vient de l'épouser, il ne parle que d'elle. Lillian ne s'en remet pas et ma femme la trouve bien morose. Elle la réveille alors tôt le matin pour aller s'occuper des chevaux. Lillian ronchonne, mais c'est une évidence, elles sont ravies de partager des moments entre elles. Lillian finit par retourner à ses tournages en oubliant son amoureux.

1927 est une année radieuse pour notre jeune couple. En janvier, alors que nous rentrons d'une virée de Boston, Morgan m'apprend à demi-mot qu'elle est enceinte. Je crois avoir mal compris, mais à son air complice je comprends et n'en crois pas mes oreilles. Je suis heureux et m'arrête aussitôt au bord de la route. Je ne peux m'empêcher de sortir de la voiture, de la contourner et d'ouvrir la portière passager. Morgan est toute surprise, elle se met à rire et me demande ce qui me passe par la tête. Je lui prends la main pour l'aider à sortir de la voiture. Je la prends dans mes bras, je l'embrasse d'un long baiser fougueux et avide et nous restons ainsi à nous regarder les yeux dans les yeux, front contre front. Je suis à la fois heureux et comblé.

Hélas pour Morgan, les premiers mois de grossesse sont difficiles. Les nausées et le manque d'appétit occupent une bonne partie de ses journées. Elle qui ne se plaint jamais se sent à présent fatiguée. La sage-femme qui la visite lui conseille impérativement de rester couchée et de se nourrir sinon le bébé sera chétif à la naissance. Morgan ne comprend pas, sa première grossesse n'a pas été aussi compliquée. Cet enfant, nous le désirons tous les deux pour partager notre amour. Morgan consent alors à se plier aux recommandations de la sage-femme, bon gré mal gré. C'est alors moi qui supplée Morgan dans l'entretien de la maison, des terres, des chevaux et de leur vente sans oublier de m'occuper de la petite Jeanne. Je ne compte pas mes heures. Je vais être papa !

Au bout de quatre mois, les nausées cessent, mais Morgan est tout aussi fatiguée et n'a pas vraiment pris de poids. Elle m'avoue qu'elle a peur de ne pas pouvoir aller jusqu'au bout de sa grossesse. Je ressens son inquiétude, mais je ne sais pas comment aborder le sujet avec elle. Néanmoins, Morgan se force à manger, elle sait qu'elle n'a pas le choix. Sur les conseils de la sage-femme, « *L'air va lui faire le plus grand bien et lui ouvrir l'appétit* », je l'installe derrière la maison, dans la prairie, recouverte d'un plaid. Je veux la croire.

Le printemps pointe son nez, il ne fait pas froid et l'air est plutôt doux. Au bout d'une quinzaine de jours, je constate un léger hâle sur son visage et lui trouve meilleure mine. Abigail, qui a compris que Morgan ne s'alimente pas vraiment, lui apporte un bon ragoût et plusieurs pâtisseries. Comme Morgan est plutôt gourmande, elle reprend plaisir à manger. Le mois de juin se révèle bien plus chaud que d'habitude. Morgan évite de sortir prendre l'air, elle attend la fin de journée pour se reposer sur sa chaise longue. Je l'observe de la fenêtre et ma femme est encore plus belle avec ses rondeurs. Des années après, je garde en tête ce tableau, qui aurait pu être une magnifique peinture, de ma femme assise dans cette prairie tapissée de fleurs de multiples couleurs. Morgan vêtue de sa robe et de son chapeau à large bord qui lui recouvre le visage, car elle ne souhaite pas que son visage garde pendant de longs mois le masque de grossesse. Si j'avais su peindre…

En juillet, la chaleur perdure et ses jambes se mettent à enfler. Morgan se plaint aussi depuis quelques jours de douleurs au ventre. Même si elle essaie de m'en dissuader, je décide un matin d'aller chercher la sage-femme. Celle-ci ausculte Morgan, mais ne décèle rien d'anormal. Elle prescrit à la future maman des bains d'eau tiède et du repos.

À la suite de cette visite, Morgan m'avoue qu'elle ne voudra pas d'autres enfants, « c'est trop difficile », me dit-elle. Je la comprends et redouble d'efforts pour soulager son quotidien. Je décide à présent de ne pas m'éloigner de la maison. Connor me propose de me remplacer aux travaux des champs, je ne peux refuser son aide providentielle. Abigail, la femme de Connor, et Mary, la femme d'Howard, se relaient tous les jours auprès de Morgan. Je suis rassuré.

L'été touche à sa fin et c'est avec soulagement que nous accueillons les premières pluies qui rafraîchissent l'atmosphère étouffante que nous avons supportée durant plus de deux mois.

Un soir, assis sur le sofa, nous évoquons ensemble, le prénom du bébé à venir. Morgan me dit :

— J'aimerais bien, si c'est un garçon, l'appeler William, qu'en dis-tu ?

Je lui réponds que j'aime bien ce prénom et que si cela lui fait plaisir, c'est le principal.

Elle ajoute :

— Si c'est une fille, c'est toi qui choisiras le prénom, ça te va ?

Comment ne pas lui faire plaisir ! La femme que j'aime va concevoir notre bébé, je ne peux que me ranger à sa volonté. Je lui réponds :

— Ce bébé, c'est toi qui l'as fabriqué, c'est toi qui auras le dernier mot pour son prénom, je te fais confiance. Et si c'est une fille, nous l'appellerons Margaret, qu'en penses-tu ?

Morgan acquiesce avec le sourire tout en caressant son ventre arrondi. Songeuse, elle ajoute :

— Ce sera un garçon, je le sais.

En septembre, Jeanne qui a maintenant six ans reprend l'école, la grande école comme on dirait chez moi. La petite se débrouille bien et ne semble pas avoir souffert de la situation.

Un matin d'octobre, aux premières lueurs du jour, les contractions arrivent, je m'empresse d'aller chercher la sage-femme comme nous en avons convenu. Sur le chemin, je préviens Mary, la femme d'Howard, qui part aussitôt chercher Abigail, la femme de Connor. Quand j'arrive, accompagné de la sage-femme, les contractions sont de plus en plus rapprochées.

La sage-femme revêtue de son voile et de son tablier immaculé de blanc refait le lit avec l'aide d'Abigail.

Avec son air sévère, la sage-femme veut installer confortablement Morgan. Je me porte au-devant de ma femme pour l'aider à se relever et à positionner les oreillers.

Pendant que la sage-femme s'affaire pour que ma femme soit le mieux possible, je ne peux m'empêcher de ressentir de l'inquiétude. Quant à Abigail, elle se charge de remplir plusieurs bassines d'eau chaude. Mary déchire une paire de draps propres. Je n'en vois pas plus, car je suis invité à quitter la chambre non sans un regard vers Morgan qui me dit de ne pas m'inquiéter. Je m'installe dans la cuisine et Connor me rejoint.

En entendant gémir Morgan, Connor m'attrape aussitôt le bras et me dit que ce sont des affaires de femmes et que ça ne nous regarde pas. À mon air, il poursuit :

– Je suis certain que ta femme n'aimerait pas savoir que tu l'as entendu crier de la sorte, alors ne discute pas, viens !

Ne sachant pas vraiment quoi faire, je lui emboîte le pas et nous rejoignons la prairie derrière la maison. Connor me tend une cigarette et ajoute que tout va bien se passer. En effet l'accouchement se déroule bien plus rapidement que je ne le pensais. Morgan donne vie à un petit garçon en excellente santé. Quand la sage-femme m'appelle enfin par la fenêtre, je cours jusqu'à la chambre. Morgan est couchée avec au creux de son bras une forme que j'ai du mal à distinguer.

Morgan me murmure :

— C'est un garçon !

J'en ai les larmes aux yeux.

La sage-femme s'empresse de me le mettre dans les bras. Un garçon ! Morgan me dit en souriant :

— Je te présente William !

Je ressens alors une joie indicible. Abigail vient me reprendre le petit pour le langer et elle le met au sein de la maman sur les conseils de la sage-femme. Ils sont beaux tous les deux. Malgré la fatigue, le visage de Morgan rayonne. Le petit ne pèse pas lourd, mais semble en très bonne santé. Son visage tout rond et tout rose m'attendrit. Morgan ne peut s'empêcher de demander à la sage-femme quand elle pourra reprendre le travail. Celle-ci lui préconise vivement de se reposer. Morgan étant plutôt de bonne constitution, opine de la tête, mais je sens qu'elle n'a en fait que faire de ses recommandations. Quand nous nous retrouvons seuls, elle m'avoue s'être assez reposée durant toute sa grossesse. Sa décision est prise, dès qu'elle pourra poser le pied par terre, elle vaquera à ses occupations et c'est ce qu'elle a fait.

Entouré de ma famille, j'ai enfin trouvé le bonheur. Le petit William fait notre joie. C'est un petit garçon calme et affectueux dont la chevelure brune commence à boucler. Cet enfant fait ses nuits rapidement, a un solide appétit comme s'il voulait rattraper les premiers mois de sa gestation durant laquelle Morgan ne s'est pas alimentée suffisamment. Nous formons avec Morgan un couple uni et soudé. Nos deux enfants font notre bonheur et nous comblent.

Trois semaines plus tard, nous nous rendons au cinéma. C'est Morgan qui me presse pour sortir, elle me dit qu'elle est restée bien trop longtemps alitée et qu'elle a besoin de se changer les idées. Nous découvrons le premier film parlant et chantant « *Jazz Singer* » d'Alan Crosland, c'est une révolution dans le monde du cinéma. Même si l'histoire ne nous passionne pas plus.

Peu de temps après, Abigail se propose de garder plus souvent les enfants. Alors nous sortons avec Morgan et nous nous enivrons d'expositions, de spectacles et de pièces de théâtre. Ce que nous préférons tous les deux par-dessus tout, ce sont les représentations novatrices de Joséphine Baker dont les danses nous amusent beaucoup.

Quand Morgan semble fatiguée de nos sorties, nous restons à la maison et prenons plaisir à écouter le soir, blottis sur le sofa, dès que les enfants sont couchés, « *Rhapsody in blue* » de Georges Gerschwin. Cette mélodie nous apaise et nous savourons notre bonheur.

En novembre, Connor nous invite à fêter Thanksgiving autour d'une dinde rôtie. Nous acceptons et sommes ravis de nous retrouver. La fin d'année s'écoule paisiblement et nous décidons de fêter la fin d'année entre nous à la maison. Ces derniers mois, nous nous sommes étourdis de sorties, de fêtes et de spectacles. Nous avons besoin de nous retrouver tous les deux juste avec les enfants. Pas pour longtemps.

Le 15 janvier 1928, Lillian fait un saut pour nous voir. Elle veut faire la connaissance de Will et fêter son premier anniversaire. Elle n'a pas pu se déplacer avant, car elle était en tournage sur la fin de l'année. Elle offre à Will une voiture à pédales flambante rouge, mais le nouveau-né devra patienter avant de s'en servir.

Jeanne quant à elle, reçoit une magnifique poupée habillée d'une robe toute en dentelles et faisant quasiment la taille de l'enfant. Quand

Jeanne ouvre la jolie boîte contenant la poupée et qu'elle la découvre, elle souffle qu'elle est la plus heureuse des enfants. Des larmes perlent aux coins de ses yeux et nous en sommes tout attendris. Pendant plusieurs semaines, la poupée l'accompagne partout où elle se rend. Elle dort avec elle et l'installe sur une chaise à ses côtés quand elle prend ses repas. Nous avons pris l'habitude, pour plaisanter, de lui dire que nous avons à présent trois enfants. Elle sourit et nous répond qu'elle nous aime tous les trois très fort. De ses petits bras, elle nous enlace Morgan et moi et nous restons ainsi de longues minutes, savourant pleinement notre bonheur.

Le lundi qui suit la visite de Lillian, Jeanne et Morgan rentrent de l'école en fin de journée. La petite est toute attristée, ce qui n'est pas dans ses habitudes. Cette petite, c'est la joie de vivre ! Morgan demande alors à Jeanne de me raconter ce qu'il s'est passé à l'école.

De sa petite voix fluette, Jeanne me dit que sa maîtresse lui a attaché, toute la journée, la main gauche à sa chaise afin qu'elle sache écrire de la main droite. La petite est gauchère, il est vrai, mais cela ne l'empêche pas d'avoir une très belle écriture. Mon sang alors ne fait qu'un tour. Je prends Jeanne dans mes bras et lui murmure à l'oreille qu'il ne faut pas qu'elle s'inquiète, que je vais faire le nécessaire auprès de sa maîtresse pour qu'elle la traite désormais correctement.

Le lendemain matin, j'accompagne Jeanne à l'école et rencontre sa maîtresse. Celle-ci ne nie pas ce qu'il s'est passé la veille. Elle me répond qu'il s'agit de l'apprentissage de l'écriture mis en place pour les gauchers. Je lui ai dit que je trouvais cette pratique intolérable, que Jeanne est une petite fille intelligente, très intelligente, ai-je ajouté. J'ai continué en lui disant qu'elle connaît aussi bien les noms des fleurs et des insectes. La maîtresse approuve de la tête. Je poursuis :

— De toute manière du moment qu'elle sait écrire, que ce soit de la main droite ou gauche, le résultat pour notre famille est le même, est-ce bien compris ?

La maîtresse opine de la tête et enjoint aussitôt ses élèves à rentrer en classe. À partir de ce moment-là, la petite n'a plus du tout été importunée et a continué son apprentissage de l'écriture de la main gauche.

Ce jour-là avant de dîner, la petite Jeanne et moi, nous faisons un tour dans la prairie située derrière la maison. Je lui prends la main et de l'autre, je lui montre l'étendue de la prairie en lui rappelant combien il y avait de fleurs différentes au printemps. La petite me regarde avec ses grands yeux. Je poursuis :

— Petite, n'oublie jamais, il y a autant de façons de faire, de penser, d'écrire et de parler qu'il y a de fleurs. Dans la nature, tout est symétrie, mais ça n'empêche pas les fleurs de fleurir et de pousser comme elle le souhaite selon leur nature.

Jeanne acquiesce et je continue :

— Une fleur, tu peux la cueillir aussi bien de la main gauche que de la main droite, même si je sais bien qu'on ne cueille pas les fleurs ! tu as compris ce que je veux dire Fillotte ?

Jeanne me sourit et saisit où je veux en venir. Elle ajoute :

— Il n'y a pas qu'une façon de faire !

À mon tour, je lui rends son sourire. Je sens alors sa petite main serrer la mienne. Je me rends compte que je viens de l'appeler « Fillotte », c'est le petit nom que donnait ma mère à ma sœur. Complices, nous rentrons dîner.

Avec Morgan, nous sommes amenés souvent à travailler ensemble. Nous y prenons du plaisir et c'est Abigail, la femme de Connor qui garde alors le petit William et Jeanne quand elle n'est pas à l'école. Entre l'entretien quotidien des terres et des chevaux, nos journées sont occupées. Nous sommes faits pour l'activité. De nature vigoureuse, nous ne nous plaignons pas et nous nous reposons rarement.

L'année se passe paisiblement et nous attendons avec impatience les beaux jours pour nous rendre au bord de la rivière Connecticut, à hauteur de Turners Falls. Comme à notre premier rendez-vous, nous pique-niquons entourés de nos amis et de nos deux enfants.

Rassérénés de notre journée, nous rentrons tous ensemble, nullement pressés de nous séparer. Nous nous rendons dans notre étable aménagée et nous écoutons et dansons du Charleston. Notre gramophone joue des airs que tout le monde reprend en chœur. La soirée bat son plein.

À la nuit tombée, nous partageons un repas, en écoutant, en boucle sur le gramophone, la chanson en vogue *Stardust* de Hoagy Carmichael. Morgan se met alors au piano et la petite Jeanne accompagne sa mère en chantant une comptine « *Un garçon et une fille dans un petit canoé* ». Pour lui faire plaisir, nous reprenons en chœur, après elle, les paroles. Elle nous écoute, ses yeux pétillent, ses lèvres chuchotent les paroles quand nous les chantons à tue-tête. Elle nous reprend aussi si nous commettons une erreur dans les paroles. En bons élèves, nous continuons à chanter. Elle rayonne de bonheur et nous sommes fiers d'elle.

Pour faire nos courses, nous nous rendons souvent à Boston. Nous croisons de plus en plus, sur la route, des voitures neuves et modernes. Je ne peux m'empêcher de remplacer la Ford T qui fait des siennes depuis un temps déjà. Avec Morgan, nous choisissons le modèle U Plymouth de chez Chrysler. Elle est neuve et rutilante et roule beaucoup plus vite. Le week-end qui suit notre achat, nous partons tous les deux pour une escapade. C'est ainsi que je découvre le Massachusetts sous un autre angle. Nous en visitons le centre et découvrons ses plaines ondulées alimentées par ses nombreux cours d'eau. Tout me semble beau au côté de Morgan.

Un mois plus tard, nous visitons aussi l'est du Massachusetts. Nous faisons un arrêt à Long Beach et apprécions Cape Cod et ses paysages côtiers ponctués de dunes, de pins gris, de marais et d'étangs qui se prolongent jusqu'à l'océan. Nous en profitons pour nous baigner et nous prélasser. Nous rêvons à notre avenir. Je suis toujours aussi amoureux de Morgan et elle me le rend bien. Je n'aurais jamais cru pouvoir être à nouveau heureux après ce qu'il m'est arrivé en France.

De son côté, Connor achète le modèle Berline U Fordor de 1928 de Ford qui remplace la Ford T. Sa carrosserie a la particularité d'être fermée et comporte quatre portes. Pour Connor, c'est le grand luxe.

Depuis la fin de la Prohibition, avec nos économies, nous avons bien profité. Nous avons pu changer de voiture et changer l'électroménager. Cela a été, pour nous, une période faste faite d'insouciance. Mais les années qui s'annoncent vont se révéler difficiles pour nous tous.

LA GRANDE DÉPRESSION
1929 à 1932

L'année 1929 marque un tournant dans notre vie. Je lis dans les journaux que le krach boursier du 29 octobre de la même année est le début d'une crise économique généralisée. Un bon nombre de nos voisins sont au chômage. La faillite des entreprises du privé et l'excès d'endettement bouleversent l'économie américaine.

À l'aube de mes trente et un ans, en 1930, je retrouve souvent Connor pour discuter des évènements et de la crise. Nous sommes inquiets et nous pressentons que la crise de 1929 aura des répercussions importantes sur nos existences et nous ne croyons pas si bien dire. L'Amérique traverse à présent une période de grande dépression.

Les investisseurs constatent que les valeurs qu'ils ont achetées n'augmentent plus. Ils décident de vendre leurs actions. Ainsi, treize millions d'actions sont vendues à la Bourse de Wall Street le 24 octobre 1929. La bourse s'effondre et les épargnants décident de retirer leurs avoirs des banques. Le fameux Krach boursier vient à toucher tous les Américains. Connor et moi, nous n'avons jamais eu confiance dans les banques, nous nous sentons protégés du fait d'avoir gardé secrètement nos économies.

Nous, ce qui nous préoccupe davantage cette année-là, c'est la météo qui, si elle est mauvaise, pourrait réduire à néant le travail de plusieurs années sur nos terres. Nous apprenons, par les journaux, que l'État du Middle West est touché par des tempêtes de poussières qui s'abattent sur les champs. Rien que d'y penser, cela nous remplit d'effroi si cela venait à se produire dans le Massachusetts. Nous sommes inquiets et nous suivons assidûment les actualités à la radio, mais cela ne nous empêche pas, Morgan et moi, de nous rendre, quand le temps s'y prête, régulièrement à la rivière avec les enfants et d'y passer l'après-midi.

À l'été 1931, à trois ans et demi, Will est curieux comme je l'étais à son âge. Souvent, il s'éloigne de l'endroit où nous nous étendons. Nous gardons cependant toujours un œil sur lui. Jeanne reste sagement allongée et regarde les images de son livre. Mais un après-midi durant lequel nous parlons du film que nous sommes allés voir une semaine plus tôt, au *Bijou Theatre* à Boston, Will échappe à notre vigilance. Quand nous nous apercevons qu'il n'est plus dans notre champ de vision, nous nous levons précipitamment. Nous nous séparons et nous longeons chacun le bord opposé de la rivière. Nous l'appelons de toutes nos forces :

— Will, Will !

Plus le temps passe et plus les minutes nous semblent à tous deux une éternité. Nous sommes effrayés à l'idée qu'il se noie. Jeanne suit sa mère et elle aussi semble très angoissée. L'eau est difficile d'accès en raison des hautes herbes qui bordent le cours de la rivière, cela nous rassure un instant.

À bout de souffle, nous le cherchons durant une heure, nos cœurs battent à se rompre. Morgan crie, je l'entends au loin, j'entends sa voix mêlée de sanglots. La petite Jeanne commence aussi à sangloter. Je n'en peux plus et parti pieds nus, pensant retrouver notre petit Will aussitôt, mes pieds commencent à souffrir. Au moment où je vais revenir sur mes pas, désemparé, je découvre notre petit Will, assis en bord de rivière, en train de patauger dans l'eau. Ce qui m'effraie, c'est qu'il avance peu à peu dans l'eau. Cela doit l'amuser d'avoir de l'eau jusqu'aux jambes. Je ne peux m'empêcher de lui dire soulagé :

— Tu es là mon grand !

Je le soulève aussitôt avec délicatesse alors que l'eau atteint déjà ses cuisses. Malgré cela, j'ai droit à un magnifique sourire de sa part et d'un « *Papa te voilà !* ». Tout à ma joie, je le serre dans mes bras et l'embrasse tendrement. Le petit me repousse de sa main et cela me fait rire.

Avec Will dans mes bras, je parcours le chemin inverse. Nous retrouvons Morgan, le visage défait, en larmes, et Jeanne dont les yeux sont rouges. Nous nous prenons tous les quatre dans les bras et restons enlacés un long moment. Le petit est à présent fatigué de son excursion et il reste ainsi dans nos bras, heureux, je pense, d'en retrouver la chaleur. Plus jamais nous ne le laisserons à l'avenir sans surveillance, même un instant. Je ne voudrais jamais oublier les moments de tendresse partagés avec mes enfants. Ils sont fréquents et même si nous sommes occupés, nous ne manquons jamais ces moments de complicité.

L'été fait place à l'automne. Alors que le vent frappe aux vitres, nous entendons la voiture de Connor se garer devant notre maison. Par la fenêtre, j'aperçois un chiot blotti dans ses bras, c'est une petite boule de poils bicolores. Nous invitons Connor à entrer, il nous raconte qu'il a trouvé le chiot sur le bord de la route en rentrant de Boston. Il aimerait l'offrir à Jeanne qui saura en prendre soin, il le sait. Il aurait pu le garder, mais il pressent que ses deux chenapans vont lui en faire voir de toutes les couleurs. Le chiot semble calme. Il nous explique que c'est un Boston terrier dont la robe est de couleur noire et blanche. Sur ces mots, il le tend à Jeanne toute attendrie. Elle l'enserre dans ses petits bras et embrasse le chiot avec tendresse. Le chiot lui fait plusieurs lichettes sur le visage. Une petite larme perle au coin de ses yeux, elle remercie Connor et lui dit qu'elle va en prendre grand soin.

Nous sourions. Cette petite fille est déjà tellement mature pour son âge. En chœur, nous lui demandons comment elle compte appeler ce chiot. Elle nous répond aussitôt :

— Otis !

Nous n'avons jamais su d'où est venue l'idée de l'appeler comme ça, mais il nous a semblé que ce nom lui allait bien.

À partir de ce jour, le chien ne quitte quasiment plus Jeanne. Dès qu'il en a l'occasion, il la suit partout où elle va. Lorsqu'elle se rend à l'école, nous sommes obligés d'enfermer le chien dans la maison, sinon il l'accompagnerait aussi jusqu'à sa table d'écolière. Quand il reste enfermé à attendre Jeanne, Otis gratte le bas de la porte et aboie sans s'arrêter. Il hurle même. Il réveille Will quand il fait sa sieste et souvent nous devons stopper nos activités pour le calmer. Un soir, Morgan raconte à Jeanne qu'Otis devient vraiment gênant quand elle est à l'école, il aboie et désobéit. Elle explique à la fillette qu'ils ont été obligés de le mettre à la longe dans l'étable. Jeanne semble triste et dit à sa mère :

— Il ne faut pas faire ça, Otis est déjà assez malheureux quand je m'en vais, sinon je ne veux plus jamais aller à l'école.

Morgan semble percevoir chez sa fille un grand attachement à son chien. C'est une fillette sensible. Elle lui répond qu'ils vont y réfléchir.

Sur ces mots, la fillette entre dans la maison, pose son cartable et son manteau et rejoint Otis en courant. En l'apercevant, il se met à japper. Jeanne s'agenouille devant lui et l'enlace. Le chien se calme aussitôt. N'entendant plus le chien, Morgan regarde par la fenêtre et voit Jeanne enlacer son chien et couvrir sa tête de baisers. Elle sourit et espère qu'ils vont trouver une solution. Jeanne détache alors le chien qui jappe à nouveau autour d'elle. La fillette prévient sa mère qu'elle va se promener et qu'elle veut rester seule avec Otis.

Quand elle est de retour, elle annonce à sa mère qu'elle a parlé à Otis. Elle affirme, du haut de ses neuf ans, qu'il sera sage dorénavant. Morgan surprise lui demande :

— Mais qu'as-tu dit à ton chien ?

Jeanne lance, tout en riant, que c'est un secret et poursuit que désormais Otis va attendre bien sagement son retour de l'école.

Vous le croirez ou non, mais depuis ce jour, Otis a toujours attendu patiemment que Jeanne rentre de l'école. Il commence à aboyer bien avant qu'on la voie sur le chemin comme s'il pressentait son arrivée.

Je suis certain que la fillette a un don, un talent, pour les fleurs et avec les animaux. Elle tient ce don de sa mère qui, elle, parle à ses chevaux quand elle est à la foire pour qu'ils restent calmes. Pour ma part, je ne suis pas sensible à toutes ces manifestations, mais je ne peux nier qu'elles partagent un don.

Cependant au fil des années et à leurs contacts, je suis devenu plus sensible à ce genre de choses. Je me suis ouvert à la nature, aux animaux et aux paysages. J'en suis venu à apprécier la vie comme je ne le soupçonnais pas avant de rencontrer Morgan et sa fille. Ces moments de bonheur que nous partageons ensemble me voilent souvent la face sur les évènements qui se déroulent près de nous ou bien dans le pays.

C'est ainsi que fin septembre 1932, nous avons vent d'une explosion à Worcester, village où vivent Howard et sa femme Mary, nos amis de toujours, qui se situe à une cinquantaine de miles de Braintree. C'est la maison du juge qui a été dynamitée, en représailles des exécutions de Sacco et Vanzetti en août 1927. Nous ne sommes pas rassurés.

Deux mois plus tard, Franklin Roosevelt devient Président et lance une nouvelle politique interventionniste, le New Deal. Il faudra cependant attendre 1934 pour constater un redressement de l'économie. Les années à venir deviennent compliquées. En effet, une récession menace l'économie américaine et le reste du monde, vécue par l'Amérique dès 1921. Nous réalisons, au fil des ans, que nos revenus déclinent.

Heureusement, je me suis montré prudent les années précédentes. Les chevaux continuent à bien se vendre même si les tracteurs de type Mc Cormick ne sont plus aussi rares dans les champs. Pour ma part, je continue à travailler avec un cheval de trait. Connor ne résiste pas à l'achat d'un tracteur et semble ravi de son acquisition.

Les années à venir n'auront, hélas, pas la même saveur. Un conflit à l'échelle européenne dont l'issue va être reportée aura bien à terme des conséquences sur nos vies.

LES ANNÉES SOMBRES
1933 à 1936

En ce début de printemps 1933, nous aidons souvent Howard, l'ami de toujours. Nous n'oublions pas qu'il nous a rendu un fier service lorsque je me suis fait surprendre par les agents de la Prohibition et qu'Howard a aussitôt prévenu Connor. Notre ami prend de l'âge et nous le soutenons en récoltant le blé qui recouvre son lopin de terre. Les forces lui manquent et nous nous inquiétons pour lui. Un matin, nous apprenons qu'Howard s'est éteint dans son sommeil. Nous en sommes secoués. Je n'oublie pas non plus que c'est lui qui m'a fait rencontrer Connor. Grâce à lui, j'ai trouvé un travail, je suis resté vivre en Amérique et ensuite j'ai rencontré Morgan. Il était devenu un ami sincère au fil du temps. Dans une peine partagée, nous assistons à ses obsèques et nous soutenons sa veuve Mary. Après avoir vécu à Boston, son fils reprend l'exploitation de la petite ferme, mais ce n'est plus pareil. Celui-ci n'a aucune affinité avec nous et nous le fait savoir lorsque nous nous proposons de l'aider. Nous ne manquons pas de visiter Mary qui semble ailleurs. La perte de son époux semble l'affecter grandement. Elle semble oublier certains souvenirs.

Deux ans plus tard, Mary chute et ne s'en remet pas. Elle s'éteint à l'hôpital et Connor et moi perdons une amitié solide et sincère avec le couple. De loin, le fils d'Howard et de Mary nous a salués lors des obsèques de sa mère et nous en avons éprouvé une profonde tristesse avec Connor. Nous avons repris nos vies en renforçant nos liens d'amitié.

En cette belle journée d'octobre 1937, nous fêtons avec nos amis les dix ans de Will. Le temps est clément et nous déjeunons tous attablés autour de la grande table, à l'extérieur de la maison. J'ai promis à Will de monter avec lui, en fin d'après-midi, sur le toit de la maison. Depuis plusieurs mois, il attend avec impatience de découvrir les alentours sur le toit de la maison. Il m'a souvent observé quand il m'est arrivé d'y monter pour y remettre un bardeau. Je lui ai alors raconté que mon père avait, lui aussi, attendu mon anniversaire pour me faire découvrir les environs de Gerberoy sur le toit de la maison. À l'époque, j'avais été très fier de ne pas avoir eu peur et ne pas avoir eu le vertige.

Morgan, sa mère, voit cette initiative d'un mauvais œil. Elle ne s'y oppose pas, mais semble inquiète à l'idée que son jeune fils, la prunelle de ses yeux, monte sur le toit sans protection.

Quand ce dernier, main en visière, découvre le paysage, du haut de ses dix ans, il me dit d'un air réjoui :

— Merci papa, c'est un beau cadeau que tu me fais, je veux faire plus tard le même métier que toi.

Je me souviens que ces paroles m'ont touché et cela m'a fait penser un instant à mon père que je n'ai pas revu depuis mon départ de Gerberoy. Il aurait été fier de voir son petit-fils vouloir exercer le même métier.

Régulièrement, nous nous retrouvons avec Will sur le toit à regarder l'horizon ou bien le soleil se coucher. C'est Morgan qui en est inquiète. J'essaie de dissuader Will d'en faire son métier, mais le jeune garçon est obstiné. Je le trouve d'ailleurs bien meilleur élève que moi et Will n'a de cesse de vouloir apprendre, il pourrait pourtant faire bien mieux. Risquer de chuter et porter des charges lourdes ne lui fait nullement peur. Il a bien compris que le métier de charpentier est un métier physique, mais il est déjà robuste pour son âge et il n'aime pas être enfermé. Il préfère travailler en extérieur.

Au fil des années, je lui montre comment se servir d'un rabot, comment lever avec l'outil des copeaux fins, longs et vrillés. Le geste semble simple, mais il reste difficile à maîtriser. J'aime lui répéter que « les bons charpentiers font peu de copeaux » et nous nous en amusons souvent. Nous aimons échanger durant des heures, penchés sur des plans ou encore à sélectionner des essences de bois, comme le chêne réputé pour sa solidité, le châtaigner qui éloigne les vers et les araignées ou encore le sapin pour sa légèreté, mais onéreux. Passionné, Will aime manier les outils : gouge, massette et bédane font son bonheur.

Lors de mes interventions pour réparer le toit d'une grange ou d'une maison, quand il n'a pas école, il m'accompagne souvent pour observer. Il reste là, patient, à me regarder faire. Le lendemain, il est fier de raconter à ses camarades de classe qu'il a assisté au levage et à l'assemblage d'une charpente et il leur apprend que le bois est abattu quand la sève ne monte plus, à la lune décroissante, comme me l'a appris, bien des années auparavant, mon père qui le tenait de son père. Mon métier l'émerveille.

Un jour, je lui raconte mon séjour à Boston avec mon camarade Paul. Surtout, la réparation du toit de Mrs Stevenson qui tenait la petite pension et la fois où nous avons bien failli tomber du toit qui était fragilisé par endroits. Morgan n'a jamais voulu voir la vue du toit, elle a le vertige et préfère le plancher des vaches comme elle dit en riant.

En grandissant, Will est mon portrait craché. Je suis certain qu'il va devenir un solide gaillard, volontaire et courageux. Non seulement il est toujours mon complice, même s'il adore sa mère et sa sœur, mais il reste très proche de moi. Nous plaisantons toujours pour un rien et comme il a été un enfant facile, aucun point de discorde ne vient entacher l'amour que l'on se porte.

Quant à Jeanne, elle tient de sa mère. Elle n'a jamais non plus émis le souhait de monter sur le toit même pour un magnifique coucher de soleil. Je la revois enfant avec Morgan rentrant de l'école, un soir d'hiver, avec toutes deux leurs bérets rouges vissés sur la tête. Elles avaient de l'allure. Jeanne racontait sa journée d'école et Morgan la regardait d'un air attendri en opinant de la tête. Elles s'entendent bien toutes les deux, elles sont aussi très complices. Jeanne ressemble beaucoup à Morgan. Elle tient sa belle chevelure de son père m'a raconté Morgan.

L'année 1939 marque ma famille par deux évènements. D'une part, Morgan et moi sommes effrayés à l'idée de revivre une guerre en Europe. D'autre part, ce sont les enfants qui vont devoir faire face à un grand chagrin, un matin de dimanche de fin d'été pluvieux.

En nous levant, nous nous attendons à voir Otis nous saluer en jappant et en réclamant quelques caresses comme il en a l'habitude depuis son arrivée chez nous. Morgan et moi, nous nous occupons de préparer le petit-déjeuner, « *the breakfast* » comme on dit en Amérique. Nous remarquons bien l'un et l'autre l'effervescence de nos enfants qui semblent chercher leur chien. Nous leur demandons de venir déjeuner, mais nous percevons leur inquiétude. Nos enfants ne s'en font généralement pas ainsi pour leur chien qui a la manie de s'éloigner de la maison, en y revenant toujours. Ce n'est vraiment pas fréquent qu'il ne soit pas là pour le petit-déjeuner, car il sait qu'il aura sa part lui aussi. Nous déjeunons à la hâte, nous nous chaussons et revêtons un vêtement léger de pluie. D'un bon pas, nous arpentons les alentours, nous crions tous d'une même voix :
— Otis, Otis !

Soudain, je décide de revenir sur mes pas et de prendre la voiture pour gagner du temps. Je pressens qu'Otis a dû encore faire des siennes dans les fermes voisines. Ce chien a toujours aimé courir après les oies et les poules. Il aime jouer avec elles, même si ce n'est pas réciproque de la part des volatiles de la basse-cour. Je démarre la voiture et je roule en direction de l'endroit où j'ai laissé Morgan, Jeanne et Will. Je me rends compte que l'inquiétude est aussi en train de me gagner.

J'arrive à leur hauteur et à leur regard, je vois que le chien est introuvable. Les enfants choisissent de rester sur le chemin et de continuer leurs recherches. Morgan me rejoint dans la voiture et nous convenons de reprendre la route principale en direction de Boston. Nous roulons sur une dizaine de kilomètres et toujours pas de trace d'Otis. Nous interrogeons les villageois croisés aux abords des champs. Nous roulons durant deux bonnes heures en restant toujours sur la route principale, mais en empruntant, à chaque intersection, les routes qui la traversent.

Il est bientôt midi et nous décidons de passer à la maison au cas où les enfants et Otis seraient rentrés. Au loin, nous apercevons notre maison, mais aucune activité qui pourrait nous faire penser qu'ils sont rentrés. Nous reprenons la route en direction du chemin où nous avons laissé les enfants. Nous roulons plus vite et nous ne les trouvons pas, nous continuons notre route.

À un carrefour, nous nous regardons Morgan et moi et comprenons qu'il s'est passé quelque chose de grave. Will nous attend sur le bord du chemin, debout près de sa sœur, nous faisant un signe du bras. Quant à Jeanne, elle est agenouillée auprès d'une masse sombre et nous comprenons aussitôt qu'il s'agit d'Otis. Je me gare sur le bas-côté et je stoppe le moteur. Morgan accourt aussitôt auprès des enfants.
D'un bon pas, je rejoins ma famille penchée sur le petit corps inerte d'Otis. À mon arrivée, Morgan et Will s'écartent et je constate qu'Otis a été violemment percuté par une voiture ou bien un engin agricole.

Le chien est encore vivant, mais il halète péniblement. Son regard n'est plus aussi vif et il semble lutter pour se raccrocher à la vie. Jeanne est en pleurs et tient délicatement la tête du chien sur ses genoux en le caressant. J'entends à peine ce qu'elle lui dit. C'est une jeune fille à présent, mais qui a gardé, au fil des années, une grande sensibilité. Cela me fend le cœur, Otis n'a pas été un simple chien de ferme, il a été le compagnon de mes enfants. Je me souviens qu'il suivait chaque matin jusqu'à l'école le bus qui emmenait les enfants devenus grands. Sur ordre de Jeanne, il repartait aussitôt à la maison se reposer et s'adonner à son sport favori, la course aux poules. Le reste de la matinée, il restait bien sagement couché dans un coin de la cuisine, en attendant que les enfants rentrent.

Dès qu'il entendait au loin le bus arriver, il jappait et nous faisait comprendre qu'il fallait qu'il sorte pour accueillir les enfants. Nous le suivions et nous avions pris ainsi l'habitude d'accueillir nos enfants avec le chien.

Otis avait fini par faire partie de la famille malgré les bêtises qu'il pouvait faire. En grandissant, les enfants qui arrivaient à des horaires différents étaient attendus par Otis sur le pas de la porte. En vieillissant, il ne jappait plus aussi bruyamment.

Je regarde ma famille, je me sens mal, Morgan m'implore du regard de trouver une solution. Je sais qu'elle souffre de voir sa fille dans cet état. Will semble peiné, mais il ne montre rien. L'adolescent semble plutôt abasourdi comme s'il pensait qu'Otis ne nous quitterait jamais.

Je propose qu'on emmène Otis chez le vétérinaire, même si je ne crois pas que le chien attendra jusqu'à là. Nous sommes dimanche et notre vétérinaire vit éloigné de Braintree. C'est lui en général qui se déplace pour sa visite mensuelle auprès des chevaux.

Je retourne à la voiture et attrape un plaid. Jeanne repose doucement sur le sol trempé la tête d'Otis qui ne semble pas aller mieux. En déposant le plaid sur son corps, je m'aperçois que son regard semble dans le vide. Je m'agenouille et passe avec précaution mes mains sous son petit corps. Jeanne se tient les mains et son regard est empreint de chagrin. Morgan la soutient et nous nous dirigeons vers la voiture. Au moment où je glisse le corps d'Otis sur la banquette arrière, il s'éteint. Son petit corps tressaute et se détend dans une ultime secousse. Je me retourne en disant à ma famille qu'Otis n'est plus. Je recouvre sa tête avec le plaid. Je prends Jeanne dans mes bras et lui dis qu'Otis nous a tous attendus pour mourir. Il souffrait et il n'aurait pas pu survivre, blessé comme il était. Jeanne pose sa tête sur mon épaule, Morgan nous rejoint avec Will et nous restons un long moment enlacés à penser à Otis. Nous reprenons la route. Ma fille assise aux côtés de son chien, une main posée sur le plaid, et de Will serré sur la banquette arrière. En arrivant devant la maison, nous restons encore un long moment à ne pas vouloir descendre de la voiture, souhaitant prolonger cet instant qui ne reviendra pas.

J'ouvre ma portière et je vais chercher une pelle pour enterrer Otis. Je demande à Jeanne l'endroit où elle souhaite que son chien soit enterré. Elle murmure :

— Derrière la maison, papa, la prairie sera recouverte de fleurs au printemps prochain, c'est là qu'Otis sera le mieux, tu te souviens il aimait y gambader surtout quand il y avait des papillons, tu te rappelles ?

— Bien sûr, je me rappelle ma petite Jeanne.

Chacun descend de la voiture. Je porte délicatement Otis jusque derrière la maison et le dépose sur l'herbe mouillée. Avec Will, nous creusons, à tour de rôle, un trou pour enterrer notre chien. La pluie cesse par enchantement.

Quand le trou atteint une profondeur convenable, j'allonge Otis au fond du trou, enroulé dans le plaid. Nous récitons une prière pour lui en nous tenant les mains. Les yeux de mes enfants sont mouillés, ceux de Morgan aussi. Tous les quatre, nous avons du chagrin. Après un moment, je rebouche soigneusement le trou avec la terre et Will dépose un gros caillou sur le monticule de terre humide.

À nouveau, nous nous étreignons. Morgan nous recommande de rentrer, le vent se lève et nous sommes soudain transis par le froid et le chagrin. Morgan et les enfants se dirigent vers la maison pendant que je décide de rester un instant pour me recueillir. Regardant au loin, l'horizon me semble invisible ce jour-là. Mes yeux s'embuent et je comprends que je suis autant peiné qu'eux de la perte de notre chien. Par pudeur, je n'ai rien montré jusqu'ici pour protéger ma famille, mais ma peine est aussi grande que la leur. Otis n'a pas été remplacé, ce chien était irremplaçable par ses facéties et l'amour qu'il nous portait. Quelques jours après, une sombre nouvelle nous fait rapidement oublier Otis.

Le 3 septembre 1939, la Grande-Bretagne précède la France pour déclarer la guerre à l'Allemagne suite à l'agression de la Pologne par l'Allemagne. À la suite de cette annonce, je me réveille chaque nuit et je pense à ceux que j'ai laissés derrière moi.

C'est à cette époque que je saisis que je suis vraiment parti sur un coup de tête, un peu égoïstement je l'avoue. À l'époque, je ne supportais plus que l'on me rappelle que j'étais encore jeune, que l'avenir m'appartenait et que je finirai par oublier Solange.

Le temps a passé et ma vie à Gerberoy me semble tellement loin maintenant. Je suis conscient qu'avec le temps, je me suis apaisé.

En Amérique, je suis heureux. Morgan y est pour quelque chose. Elle a réussi à atténuer la vision négative que j'avais de mon passé, à me faire accepter l'impensable pour le jeune homme que j'étais. Je n'éprouve quasiment plus de culpabilité. Je me dis que cela me ferait plaisir de revoir mes parents, mon frère et ma sœur, mon village aussi.

Je songe un instant à faire le voyage jusqu'en France pour les retrouver, cependant à présent avec la guerre en Europe…

Je me rappelle avoir envoyé une lettre à mes parents lorsque je suis arrivé à New York pour les prévenir de mon arrivée et les rassurer. Hélas, je n'ai pas reçu de réponse de leur part, à moins que leur lettre se soit perdue ou soit arrivée au centre de rétention après mon départ pour Bird Island.

De toute façon, même si je suis persuadé que mes parents m'ont aimé, ils n'étaient pas enclins à montrer leurs sentiments, ils étaient plutôt du genre taiseux. Auraient-ils approuvé que je reste vivre aussi loin d'eux ?

Ma mère aurait tout fait pour que je revienne vivre en France. Avant ma rencontre avec Morgan, j'aurais certainement cédé. Cela m'a peiné jusqu'à Boston de ne pas avoir de réponse de leur part, puis les évènements se sont enchaînés et je n'y ai plus réellement pensé.

Après plusieurs mois à suivre de loin « la drôle de guerre » dans les journaux, je découvre horrifié un matin de mai 1940, que les Allemands envahissent la France. À partir de ce moment-là, l'homme que je suis devenu se réveille en pleine nuit et comprend qu'une idée le taraude… je suis pétrifié à l'idée que mes parents soient pris dans le conflit. Mon village pourrait être touché par la guerre ?

La journée, je fais mine de ne pas y penser, toutefois la nuit venue, je me réveille souvent oppressé. Je ne peux rester à ne rien faire. Dans ma tête, c'est inconcevable. Je me lève et tourne dans la maison. Il m'arrive de sortir marcher dans la prairie, derrière la maison, et de réfléchir calmement. Même si je vis à présent en Amérique, je reste tout de même français au fond de moi. Je m'imagine être utile à mes parents si je retourne en France. Je serai en mesure de les défendre, de leur apporter mon aide. Me battre auprès de mes compatriotes, défendre ma patrie ne me fait pas peur. En attendant, je n'ose pas en parler à Morgan qui m'en dissuaderait à coup sûr.

Les jours passent, les semaines aussi, je n'arrive pas à prendre de décision.

À force de ressasser cette idée obsédante dans ma tête, je décide un matin d'en parler à Morgan. Bizarrement, elle n'en est pas surprise. Quand nous écoutons les actualités à la radio, elle a surpris mon regard triste et consterné, me dit-elle. Égale à elle-même, elle ne s'emporte pas. Elle reste silencieuse sur ce sujet durant quelques jours et finit par me dire que si c'est ma volonté, je dois partir et défendre mon pays. Elle continue en m'affirmant qu'elle ferait de même si elle était un homme et qu'elle devait se battre pour la liberté de son pays. Les mois qui suivent, nous plaisantons, nous parlons de la guerre avec désinvolture en pensant qu'elle ne durera pas. Cela m'arrange bien, car je ne peux me résoudre à abandonner Morgan et mes enfants encore jeunes.

Le 22 juin 1940, l'Armistice est signé entre la France et l'Allemagne. La guerre est terminée. Mais je ne me doute pas un instant que le nord de la France est pourtant en pleine débâcle.

Nous sommes vaincus, mais redevenons en paix. Je suis soulagé et j'imagine que la vie a repris son cours à Gerberoy. Ce sont pourtant deux évènements majeurs qui vont déstabiliser la paix tant espérée. La suite des évènements ne va pas me laisser de répit.

LES HEURES SOMBRES
1941

Le 22 juin 1941, à l'aurore, l'Allemagne attaque l'URSS pour défendre l'Europe des Bolchéviques. C'est un tournant important dans l'histoire de la Résistance. Les communistes se trouvent enfin libres d'agir au sein des réseaux qui commencent à se constituer.

Le 7 décembre 1941, c'est le Japon qui attaque, par surprise, la base américaine de Pearl Harbor, située à Hawaï, ce qui pousse l'Amérique à entrer dans le conflit. Ces attaques de juin et de décembre changent le cours du conflit qui devient mondial. Il s'installe dans le temps.

Alors que j'approche de mes quarante-trois ans, ma décision est alors prise de rejoindre la France et de m'engager dans la Résistance. Je dois faire quelque chose pour mon pays. Il n'est pas concevable que je reste ici à attendre. Ma décision ne fait pas vraiment plaisir à ma famille.

Tout d'abord, Morgan prend mal ma décision. À présent, elle ne comprend pas que je veuille la quitter. Elle me répète que ce n'est plus de mon âge de vouloir vivre des aventures. Quand je cherche à me justifier, elle me hurle dessus. Son comportement m'effraie :
— Tu ne peux pas me laisser seule à t'attendre avec les enfants. Ce que j'aurais volontiers accepté, il y a deux ans, me semble inimaginable

à présent. Et si tu ne revenais pas ? Tu y as pensé ? Mathew, ta vie est ici désormais. Pourquoi participer à ce conflit qui n'est plus le tien ?

Je comprends son point de vue, en revanche ces mots prononcés en français me pèsent véritablement. C'est la peur de se retrouver seule qui l'effraie. Tout au long de notre vie de couple, les phrases échangées en français ont toujours été réservées aux disputes souvent sans importance. Nous l'avions remarqué dès le début de notre mariage. Cela s'était mis en place sans que nous n'y fassions attention au sein de notre couple. C'était plus simple aussi pour les enfants qui ne comprenaient pas ma langue lorsqu'ils étaient encore petits. La dispute passée, cela nous faisait rire, mais à présent, cela nous rend presque indifférents. Désormais, les enfants comprennent le français et cela me gêne vis-à-vis d'eux.

Se renfermant sur elle-même, Morgan évite le sujet durant tout un mois. C'est insupportable. Il nous arrive de nous croiser sans même un regard. Ce n'est pas dans nos habitudes depuis quinze ans que nous sommes ensemble. Elle m'évite, c'est certain.
Les enfants sont tout autant surpris par nos silences. Je finis moi aussi par éviter son regard. Chaque matin qui suit notre dispute, les larmes qu'elle a versées durant la nuit laissent des traces blanchâtres sur ses joues et j'en ressens de la peine. Nous ne dormons plus ensemble. À sa demande, je dors sur le sofa à présent. J'ai l'impression de la perdre. Plus les jours passent, plus nous nous éloignons l'un de l'autre. J'en viens à penser que je vais la perdre à tout jamais.

Un soir, elle vient me rejoindre sur le sofa, sur la pointe des pieds, ne prononçant aucun mot. Elle soulève le drap et se love tout contre moi. Je perçois son angoisse, elle tremble et je comprends qu'elle n'est pas en colère, elle a tout simplement peur. Nous restons ainsi couchés un long moment nous retrouvant enfin et savourant silencieusement notre rapprochement. Elle se lève et je l'entends se dévêtir. Elle se love à nouveau contre moi, m'enlace de ses bras et me dit à l'oreille qu'elle m'aime plus que sa vie. Je me retourne vers elle. De mes mains, je lui attrape délicatement le visage et l'embrasse tendrement, j'embrasse minutieusement avec fougue et passion chaque centimètre carré de son visage.

Nous faisons l'amour sans échanger un seul mot, heureux de nous retrouver, en savourant chaque caresse comme un cadeau que l'on se fait. Tous ces jours passés sans nous parler, sans nous frôler décuplent notre plaisir. Je m'en rappelle comme si c'était hier. Mon corps tout entier la reçoit et je suis certain qu'elle ressent autant de plaisir que moi. Une chose est sûre, je l'aime toujours autant même si je m'avoue intérieurement que j'ai toujours autant envie de revoir mon pays, mes parents, mon frère et ma sœur.

Nous nous endormons soulagés de nous être retrouvés. Quand nous nous éveillons au petit matin, la lumière du soleil d'hiver filtre par les rideaux. Avant de se glisser hors des draps, Morgan me chuchote à l'oreille :

— Je suis mortifiée à l'idée que tu t'en ailles Mathew. Tu es l'amour de ma vie. À présent, je comprends ce que tu ressens. J'accepte de te laisser partir, mais reviens-moi, je t'en supplie. Fais-moi la promesse de revenir sain et sauf.

— Je reviendrai en entier ma douce, je t'en fais la promesse.

Je la remercie et l'embrasse tendrement. Les jours qui suivent sont plus légers. Nous nous surprenons à rire, à retrouver notre intimité et notre complicité. Cela nous a terriblement manqué !

Les enfants semblent eux aussi plus sereins et rassurés. Ils oublient vite ce qu'il s'est passé. Morgan et moi profitons des jours et des nuits qui précèdent mon départ pour nous aimer, oublier notre différend qui a duré bien trop longtemps. Je suis à la fois heureux de notre réconciliation et mal à l'aise de la quitter. Je lui fais la promesse de revenir sain et sauf auprès d'elle et de nos enfants.

RETOUR EN FRANCE
1941

Une semaine plus tard, en fin d'après-midi d'une journée nuageuse de décembre, et avant qu'il ne soit réquisitionné par les Américains, j'embarque sur un paquebot accosté au port de New York. Je rejoins ma patrie au terme d'une traversée de quatre jours.

Ma femme Morgan, la larme à l'œil, m'embrasse longuement. Je la serre tendrement dans mes bras en lui promettant de revenir bien vite. Je suis malheureux de la quitter. Mes enfants, quant à eux, me souhaitent bon voyage sans rien montrer. À quatorze ans pour Will et vingt ans pour Jeanne, ils ont d'autres préoccupations. Ils sont certains de me revoir bientôt.

La traversée en bateau jusqu'en France ne ressemble point à ma première traversée de 1919 vers New York. Je n'avais pas vu ce qu'il se passait sur les ponts supérieurs. Nous étions scrupuleusement séparés. À bord du paquebot, je peux voyager en seconde classe et savourer pleinement le confort du bateau comme je ne pouvais me l'imaginer à l'époque.

À présent, j'ai suffisamment d'économies pour voyager décemment. Le mal de mer n'est pas revenu et j'en suis bien aise.

En me renseignant, j'apprends que la troisième classe n'existe plus et qu'elle a été remplacée par une classe « touriste » dès la fin des années 20. Cependant, il existe toujours une classe supérieure réservée aux passagers fortunés. Ceux-ci voyagent en première classe et peuvent, dans la journée, jouer au tennis, nager à la piscine ou encore participer aux nombreux jeux installés sur les ponts. Le jeu des palets rencontre d'ailleurs un franc succès avec la course de chevaux en bois. En soirée, des cocktails sont proposés aux passagers. Ils ont accès à la piste de danse et assistent même à des spectacles. Ce genre de divertissements nocturnes ne me plaît guère et je préfère rester dans ma cabine. Je suis assez inquiet, car j'ai appris que des patrouilleurs allemands n'hésitent pas à torpiller les bateaux pour les couler, même s'il ne s'agit pas de bateaux de guerre. Le reste des passagers ne semble pas s'en soucier.

J'arrive enfin au Havre, je frissonne en découvrant le port et au loin la ville dévastée. J'apprends que le port a été bombardé par la Royale Air Force en mars pour en affaiblir sa capacité d'accueil. En fait, c'est la ville entière qui au fil des mois a été bombardée.

C'est l'hiver, il fait froid et humide. Je relève le col de ma veste et je décide de m'arrêter dans un bistrot en face du port. Je bois une chicorée bien chaude et je me renseigne sur le moyen de rejoindre Gerberoy, mon village. Je trouve un car qui m'emmène pour un voyage de deux heures. J'en profite pour m'assoupir contre la vitre de mon siège. Je ne profite pas du paysage, je suis trop fatigué. J'entends chuchoter mon voisin de devant, expliquant à l'homme assis à sa droite que des arrestations ont lieu de temps en temps, lors de la mise en place de barrages au hasard des routes, pour de banals contrôles de routine.

Au bout d'une heure, le car est en effet arrêté à un barrage tenu par des soldats allemands. Mon cœur s'emballe. Un soldat fait signe au chauffeur d'arrêter son véhicule. Il monte à bord et nous observe. Il ne nous demande pas nos papiers et je suis soulagé. Il redescend et nous fait signe de repartir aussitôt. Le chauffeur nous apprend que son car est arrêté à chaque fois qu'il passe ce barrage. Les soldats allemands recherchent activement une femme depuis plusieurs jours. Elle ferait partie d'un réseau de résistants et jusqu'à présent, la dénommée Cricri est passée entre les mailles du filet. J'entends mon voisin chuchoter qu'ils ne sont pas prêts de l'arrêter :

— Elle est maligne la Cricri, elle sait y faire pour échapper à l'occupant.

J'apprends plus tard que les femmes s'engagent également dans la résistance, qu'elles défendent vaillamment la liberté de la France, tout aussi courageusement que les hommes. Je n'ai pas eu le loisir d'en rencontrer. Aux dires des résistants côtoyés, elles étaient toutes aussi déterminées. Elles me faisaient penser à Morgan qui je pense, aurait également défendu sa liberté et celle de son pays en s'engageant.

Les résistantes transportent souvent dans des landaus d'enfants des armes et des petits explosifs sous le nez de l'occupant. Elles dessinent au pinceau des V de la victoire sur les affiches de propagande ou bien sur les murs. Elles cousent aussi de faux uniformes verts allemands. Quand elles se font pincer pour leurs actions, elles sont tout aussi torturées que les hommes et sont souvent envoyées dans les camps de concentration, quand elles survivent à la torture infligée. J'ai une pensée pour Cricri, l'héroïne des environs et pour son action de résistante.

Au loin, je redécouvre mon village comme je l'ai quitté, toujours dans un écrin de verdure. Que je l'aime mon village, je l'avais oublié ! Je me lève et m'avance près du chauffeur pour lui indiquer que je descends.

La porte du car s'ouvre et c'est un vent glacial qui m'accueille. Je me repère et prends sur la droite, je vois au loin le clocher de la Collégiale et sa flèche dressée face au ciel.

Pour me réchauffer, casquette enfoncée sur la tête, je marche d'un pas vif sur la route qui longe la forêt de Caumont. Je contourne la rivière le Thérain pour rejoindre le bas du village.

Je m'aperçois qu'il n'est pas facile d'accéder au village par les accès principaux. Je dois ralentir mon pas. Je remarque que sur un des deux accès menant au centre du village ont été aménagées des croix de Saint André. Je suis surpris, le village est isolé. Que peuvent bien craindre les Allemands ?

J'imagine qu'un village isolé et d'apparence calme pourrait bien être le repère de résistants.

Je décide de contourner le village, mais vois que, sur l'autre accès, des barbelés ont été installés, sans pour autant rencontrer des soldats allemands. Je reprends le chemin inverse pour entrer par l'accès occupé par les croix de Saint André. J'arrive enfin dans mon village, situé désormais en zone occupée. Je passe la porte Notre-Dame qui me conduit à la place principale.

Tout est tel que je l'ai laissé. La rue du Logis du Roy est toujours là, avec ses pavés d'époque, elle n'a pas changé. Les maisons alignées à pans de bois naturels ou peints, les maisons à colombages, ou encore celles en torchis ou hourdis de briques avec leurs tuiles ocre n'ont pas bougé. Cela me rassure. C'est un paysage tout à fait différent de ceux que je connais en Amérique. Je longe discrètement la demeure fermée d'Henri, le peintre. Je pensais m'y arrêter pour bavarder et me réchauffer avant de voir ma famille et mes proches.

En entrant dans Gerberoy, je me revois avec Solange, main dans la main, insouciants après nos fiançailles, rentrant de la rivière où nous avions passé l'après-midi. Je me rappelle également quand nous rentrions, les gamins du village et moi, ivres d'histoires de Vikings et de soldats anglais que nous inventions au fil des aventures tout en construisant des cabanes. Je me souviens avoir appris à l'école que le village de Gerberoy avait connu les assauts des Vikings au Xe siècle. Comme quoi, il y a des choses que l'on n'oublie jamais. Je passe devant l'école et mes yeux se posent sur le marronnier, les seringas et les hêtres rouges toujours présents. La halle avec ses belles arcades et son puits aux Anglais, qui m'a toujours intrigué par cette appellation et sa grande profondeur. On racontait que des soldats anglais qui avaient assiégé le village auraient péri jetés dans le puits.

Je continue à gauche de la Halle et du puits et j'emprunte la rue qui grimpe en pente douce jusqu'à l'impasse Vidamé. Toute ma jeunesse est là, dans ses recoins…

À l'angle de l'impasse se dresse l'atelier d'hiver de mon ami le peintre. En levant légèrement la tête, j'aperçois aussi l'imposante Collégiale Saint Pierre. Comme la maison semble fermée, j'accoste une mère avec ses enfants qui me chuchote :

— Le Monsieur, il est mort, il est parti à Paris et il est mort. La maison est occupée par un officier allemand qui se fait discret.

La jeune femme pose un doigt sur sa bouche me faisant comprendre qu'il vaut mieux rester discret en ces temps difficiles. Elle ajoute :

— L'officier n'hésite pas à venir me demander les œufs de mes poules. Il ne comprend pas qu'elles ne pondent pas sur commande avec le peu qu'elles ont à manger. Il ne parle pas le français et me demande à chaque fois « *Nichts z'œufs ?* ». Je lui en cède bien deux ou trois de temps en temps, mais il faut bien que je mange moi aussi.

Elle me répète de me faire discret. Il semblerait qu'un poste de guet ait été installé par les Allemands dans le clocher de la Collégiale. Je la remercie et reprends mon chemin. Je suis peiné d'apprendre la mort de mon ami. Nous avons passé de si bons moments ensemble avec Solange.

En m'éloignant, j'aperçois au loin la petite maison adossée à la porte de l'enceinte castrale avec son ossature à pans de bois et peau de torchis et son toit de tuiles plates. Je me rappelle que mon père m'avait raconté qu'elle avait été un temps habitée par un maître-charpentier.

Sur la droite, en arrivant devant la maison de mes parents, je comprends tout de suite qu'ils n'y habitent plus. Les murs de la maison en briques avec leurs trois fenêtres sont en mauvais état.

Me voyant posté devant la maison, la voisine sort sur le pas de sa porte. Elle ajuste sa veste qu'elle referme. Elle semble me reconnaître par ma haute stature que j'ai héritée de mon père. Elle vient à ma rencontre. Je la salue, mais je n'arrive pas à me souvenir d'elle. C'est une femme d'une quarantaine d'années qui a dû être jolie, mais que la vie semble avoir éprouvée :

— Je suis Gisèle, je suis la veuve de Pierre depuis bientôt neuf ans. Vous avez connu mon défunt mari, il m'a souvent parlé de vous.

Elle m'explique que son mari engagé dans l'armée est décédé lors d'une opération militaire.

En effet, je me souviens de mon camarade de jeu. Soudain des images de mon enfance me reviennent à l'esprit, sorties de ma mémoire. J'ajoute :

— Je me rappelle de Pierre, je jouais enfant avec lui. Nous allions ensemble à la rivière, munis de nos épuisettes, pêcher des écrevisses que mon père rejetait à l'eau le soir venu.

Elle poursuit gênée :

— Vos parents sont décédés huit ans après votre départ, tous les deux, à quelques mois d'intervalle. C'est Pierre qui me l'a raconté quand nous nous sommes mariés. Nous aurions aimé acheter la maison, mais Pierre n'a jamais voulu. Il me disait, « *il reviendra un jour* ». Vos parents, vous savez, ont bien compris votre choix de partir, mais ils ne l'ont pas supporté. Pierre m'a dit que plus rien n'a été pareil pour eux après votre départ. Ils ont bien reçu une lettre de votre part, mais sont restés étonnés de ne pas recevoir de réponse à celle qu'ils vous avaient renvoyée. Ils ont pensé que vous aviez refait votre vie et que vous les aviez oubliés. Vous savez vos parents, ils étaient discrets et sans histoire. Ils ont accepté la situation sans se plaindre.

Je ne sais quoi lui répondre, je suis triste pour mes parents. Ils n'ont jamais cessé de m'aimer, j'en suis certain. J'aurais tellement été heureux d'avoir de leurs nouvelles tout au long de ces années. Je demande à la femme de Pierre des nouvelles de mon frère et de ma sœur.

— Votre frère Vincent a quitté la région en 1928, au décès de votre mère, et il aurait gagné la région de la Loire pour trouver du travail dans les mines.

Je comprends que mon cadet se trouve en zone libre et cela me rassure, je ne peux le rejoindre sans un « Ausweiss » délivré par la police allemande. Comment pourrais-je le retrouver ?

— Quant à votre jeune sœur, elle s'est mariée à un ouvrier agricole du coin et elle est décédée l'année suivant son mariage en donnant naissance à son premier enfant. Le père a refait sa vie depuis et a quitté la région avec sa famille pour le sud.

Je suis bouleversé par tout ce que je viens d'apprendre. L'extérieur de la maison de mes parents est dans un piteux état. L'enduit des façades se détache par endroits. La peinture des persiennes est tout écaillée et, le long de la porte, les araignées ont tissé leurs toiles. La voisine se souvient qu'elle a une clé de la maison qu'elle me remet. Elle me dit :

— C'est votre frère qui a laissé la clé avant son départ pour la Loire.

Je me saisis de la clé, la remercie et me dirige vers la porte. D'un revers de la main, j'époussette les toiles d'araignées et enfonce la clé dans la serrure. J'entends un cliquetis et la serrure cède. Je dois néanmoins forcer la porte dont le bois a gonflé.

Quand je pénètre dans la maison, je m'aperçois que rien n'a changé, tout est à sa place avec la poussière et les toiles d'araignées en plus. Elles se sont installées et sont à présent chez elles.

Vingt-deux ans que j'ai quitté cette maison. Tout me semble encore pourtant familier. J'ouvre les placards et les tiroirs du vaisselier, j'y trouve des livres, de la vaisselle et du linge.

Sur le mur près du fourneau, je vois une gravure des Glaneuses et un calendrier de la Poste de l'année 1926. Je m'assieds dans le fauteuil de mon père. Je ferme les yeux et me souviens des soirées familiales autour de la table massive et rectangulaire avec ses tiroirs de chaque côté. Elle est toujours recouverte de sa nappe dont les couleurs ont jauni depuis longtemps. Deux bancs polis et lustrés par l'usage encadrent la table. Une simple suspension avec son petit chapeau de verre translucide descend du plafond au-dessus de la table.

Je revois ma mère cuisiner et mon père lire le journal ou bien écouter les ondes radiophoniques, mon frère et ma sœur qui se chamaillent. Je suis tout à coup nostalgique de ces années-là. Je donnerais beaucoup pour les revoir, les embrasser et leur raconter ma vie, leur dire que j'ai réussi à me reconstruire, que j'ai rencontré une femme que j'aime profondément, que j'ai deux enfants qui auraient fait leur fierté et leur joie.

Soudain, je m'en veux. *Comment ai-je pu les quitter ainsi sans me retourner, sans jamais vraiment leur donner de mes nouvelles ?* Je réfléchis et me dis que cela aurait été trop difficile de leur dire que j'étais heureux et que ma vie était à présent en Amérique. *À l'époque, je pensais que ce serait un déchirement pour eux. Je me trouvais à l'autre bout de la Terre. Comme ils ont dû en souffrir jusqu'à en mourir de chagrin !* Je ne suis pas fier. Je reste jusqu'au petit matin assoupi dans le fauteuil de mon père et me réveille confus et abasourdi. J'ai faim et frissonne. Il fait vraiment froid dans la maison. Je décide de me rendre au bistrot du coin pour y trouver un peu de chaleur.

Aux premières heures de la matinée, je ne croise personne, il est encore tôt, le bistrot a déjà ouvert ses portes. J'entre, je ne connais pas le cafetier. Celui-ci me demande, de son comptoir :
— Qu'est-ce qui plairait au monsieur qui ne semble pas du coin ?
Surpris, je lui réponds :
— Une chicorée et des tartines.

Je choisis de m'asseoir près du poêle, en retrait, pour prendre mon petit-déjeuner. Je préfère me tenir éloigné de toute discussion. J'ai mal dormi, j'ai une tête à faire peur et mon allure n'est pas de toute fraîcheur. Depuis mon arrivée, je n'ai pas fait un brin de toilette. Je sens bien que mon allure intrigue le cafetier qui m'observe de son comptoir.
Je bois d'un trait mon breuvage encore chaud, ce qui me réconforte, me réchauffe aussi.
J'engloutis les tartines de pain grillé. Je me rends compte que j'étais vraiment affamé. *À quand remonte mon dernier repas ?* Je règle l'addition avec l'argent trouvé dans l'un des tiroirs du vaisselier. Le cafetier me salue de la tête et me souhaite une bonne journée.

Je marche un peu le long des rues du village. Il fait encore très froid, le vent me glace. Je passe devant la Collégiale où nous avions, Solange et moi, prévu de célébrer notre union. La Collégiale semble déserte. De toute façon, je n'éprouve aucune envie d'y pénétrer. Le curé qui officiait et qui aurait dû célébrer notre union doit être parti depuis bien longtemps.
Je prolonge ma route en contournant la Collégiale et j'aperçois la bâtisse d'Henri, mon ami le peintre. En longeant le mur des jardins, la maison est bien fermée et mes pensées vont vers ce lieu enchanteur où nous avons passé des moments inoubliables tous ensemble, Solange,

Henri et moi. À chaque coin de rue, j'imagine voir surgir Solange, mon frère ou encore mon père.

Je continue sur la gauche et me retrouve, dans la rue des Chanoines, devant la maison des parents de Solange dont il ne reste rien, juste les façades. Le toit de la petite maison à colombages avec son entrée en briquettes a dû s'envoler, je n'y comprends rien. Par la fenêtre du rez-de-chaussée située près de l'entrée, je tente de voir à l'intérieur s'il reste quelque chose. Les vitres sont sales et il ne reste rien de la vie de cette famille. Les fenêtres du deuxième étage semblent avoir volé en éclats. Tout est confus dans ma tête. En me détournant de la maison, je vois surgir un gamin sur sa bicyclette. Je l'interroge et il me raconte qu'une tempête a emporté le toit. Sur ces mots, une femme sort de la maison d'à côté. Elle porte un tablier et un fichu sur la tête, elle nous rejoint. Le gamin lui dit :

— Le monsieur, il pose des questions sur la maison.

Sa mère m'explique aussitôt que le décès de Solange a anéanti les parents de la jeune fille.

— C'était leur fille unique. Au fil des années, malgré le soutien des parents du jeune homme qu'elle aimait et qui est parti, ils sont devenus l'ombre d'eux-mêmes. Ils ne sortaient pratiquement plus de chez eux, juste pour faire leurs courses. En avril 1940, ils ont choisi l'exode, comme des milliers d'hommes, de femmes et d'enfants pour rejoindre la zone non occupée au-delà de Loire. Ils n'en sont jamais revenus. Nous avons appris qu'ils avaient trouvé la mort sur la route parmi un convoi mitraillé par des avions allemands.

Elle poursuit en m'expliquant que la maison a été vidée de ses meubles quand les habitants aux alentours ont compris qu'ils ne rentreraient pas. Des charrettes ont été remplies à ras bord de meubles, de matelas et de bibelots.

La voisine ne paraît pas me connaître, moi non plus d'ailleurs. Elle me rappelle aussi que la région est en territoire occupé et qu'il ne faut pas trop poser de questions, surtout qu'ici, je suis un étranger. L'armée allemande a limité les accès du village, car, pour le moment, il leur semble que le village ne représente pas un danger pour eux. Sur ces explications, elle reprend son chemin en sens inverse après avoir demandé au jeune garçon de rentrer.

Je reprends ma marche, je ne sais plus où j'en suis. J'ai davantage froid, je me mets à courir à en perdre haleine, hagard, l'estomac en vrac. Le destin m'a non seulement enlevé Solange et mes parents, mais n'a pas non plus épargné nos familles respectives.

Arrivé à la rivière, je suffoque, je peine à reprendre ma respiration. Je n'entends plus rien, un sifflement persiste dans mes oreilles. Je m'adosse au chêne centenaire sur lequel nous avions gravé nos initiales, Solange et moi. Mon front à même l'écorce rugueuse, mon corps secoué de spasmes, je rends mon petit-déjeuner, avec un mélange de bile et d'amertume. Je pleure toutes les larmes de mon corps, j'en veux à la terre entière. Je m'assieds, je ferme les yeux, ma tête tourne. La perte de mes parents me fait souffrir. Ils me manquent.

Je continue à pleurer toutes les larmes de mon corps. Le regard aveuglé par les larmes, je trébuche sur une motte de terre. De rage, je la ramasse et la lance au loin dans le lit de la rivière. J'approche de l'eau, je saisis un caillou que je jette de toutes mes forces dans l'eau. Cela ne m'apaise pas pour autant. Cela ne m'est jamais arrivé de m'épancher sur moi-même de cette manière. La colère que j'ai gardée au fond de moi a fait enfin surface. Je me mets à hurler comme je ne l'ai jamais fait auparavant. Lors du décès de Solange, les larmes n'ont pas vraiment coulé, j'étais trop en colère et à la fois éprouvé. À présent avec la perte de mes parents, de mon frère et de ma sœur, un cri de désespoir long et perçant sort enfin du fond de mes entrailles et cela me fait réellement peur.

Je titube de douleur, ma vue se voile, mes jambes flanchent. Je suis pris d'un malaise et au même moment, un vol de corbeaux au-dessus de ma tête me fait sursauter. Je tremble, j'ai froid. Je reste là un bon moment. Je peine à reprendre ma respiration.

Une fois calmé, je contourne l'arbre avec attention pour retrouver une trace des initiales de nos prénoms, un M et un S entrelacés que j'avais, à l'époque, travaillées en torsades et à la gouge. Je me rappelle que j'avais eu du mal à les graver dans le bois dur de l'arbre. Solange était fière du tracé de nos initiales et m'avait fait remarquer que je savais travailler le bois. J'aurais pu devenir menuisier, mais j'avais choisi d'être charpentier, comme mon père. En tâtonnant, je les découvre, toujours là, témoins de notre amour éternel. Je passe délicatement mes doigts sur leurs contours devenus rugueux. Les années ne les ont pas effacées et j'en suis reconnaissant. Un sentiment nostalgique s'empare de moi et vient à peine apaiser la colère ressentie face aux décès de mes parents.

Je m'aperçois que ces deux lettres représentent encore beaucoup pour moi. Notre amour a bien existé et il en reste une trace même si, je l'avoue, les traits du visage de Solange se sont estompés au fil du temps. Je songe un instant que nos initiales resteront bien après moi sur cet arbre.

En Amérique, avec Morgan nous n'avons pas voulu heurter Jeanne en gravant nos initiales sur un arbre. La petite ne le voulait pas, elle nous avait dissuadés d'abîmer son écorce. Morgan ne le souhaitait pas non plus. Elle m'avait expliqué qu'il n'était pas nécessaire de graver les nôtres pour nous prouver notre amour et elle avait raison.

Je reprends le chemin de la maison de mes parents, car le temps change. Le jour disparaît derrière de gros nuages gris. Le vent souffle par rafales, mais je ne ressens plus rien. Sur le chemin, je croise à nouveau la voisine de la maison de mes parents qui me dit qu'elle a laissé pour moi de quoi casser la croûte sur la table de la cuisine. Je saisis que j'ai oublié, en partant, de refermer la porte à clé. Je l'en remercie et lui dis que je ne vais pas rester. Je ne manquerai pas de lui rendre la clé au cas où j'aurais besoin de revenir, mais également si mon frère était de retour au village. D'ailleurs, il ne faut pas que j'oublie de lui laisser un mot lorsque je quitterai la maison.

J'ouvre une des gamelles au hasard et je me rends compte que son contenu est encore chaud. J'attrape des couverts dans le vaisselier. C'est une poêlée de rutabagas que je m'empresse d'engloutir. En mangeant, je me réchauffe. Je fais ma vaisselle. Épuisé, je vais m'allonger sur le lit de mes parents. Sur le dos, je me mets à rêvasser en suivant distraitement les entrelacs bleus de la tapisserie qui se détache par endroits. Sur le mur, face au lit, une photo d'eux est restée accrochée au mur. C'est le jour de leur mariage, ils sont bien jeunes et beaux, mais ils sourient à peine.

La photo en noir et blanc a jauni et je m'aperçois que je ressemble plus que je ne le pense à mon père, par la stature et le sourire. Mon père a les mains croisées sur le ventre et ma mère se pend à son bras et le regarde. Toute menue dans sa robe de mariée, elle semble confiante en la vie et amoureuse de mon père. Je garde d'eux le souvenir d'un couple heureux et uni. Je me mets à sourire et pense au couple que nous formons avec Morgan. Nous leur ressemblons aussi et ils auraient été heureux de rencontrer Morgan et mes enfants. La vie en a décidé autrement.

Je m'endors de longues heures et me réveille en frissonnant. Je me lève, fais un brin de toilette, change de vêtements et enfile ceux de mon père, trouvés dans l'armoire de la chambre de mes parents. Je troque mes souliers vernis pour des godillots un peu usés, mais qui restent moins voyants. Affamé, je finis les restes de mes repas de la veille. Je reprends le chemin du bistrot après avoir verrouillé la porte. J'en profite pour m'installer à la même table. Arrive un groupe de jeunes gens qui s'installe, un peu bruyamment à mon goût, non loin de ma table.

Au premier abord, j'en suis gêné, mais à l'arrivée d'un homme un peu plus âgé, je m'aperçois rapidement que leur conversation prend un tout autre tour et elle retient mon attention.

L'homme en question leur parle d'engagement et les exhorte à résister à l'oppresseur. Il semble bien les connaître :

— Les gars, un peu de courage. C'est maintenant que le pays a besoin de vous. Ne réfléchissez pas trop. Résister ! Il ne faut jamais remettre à plus tard ce que l'on peut faire sur-le-champ.

À présent, je l'entends chuchoter qu'il cherche de nouvelles recrues, des hommes et des femmes, tous courageux pour faire circuler des messages et bien d'autres choses. Je n'arrive plus vraiment à entendre, car il continue à chuchoter, tout en m'observant du coin de l'œil. Je détourne le regard et fais mine de regarder par la vitre.

ENGAGEMENT
Prise de contact avec la Résistance

Rapidement, le groupe se sépare, car des habitués arrivent pour prendre leur première chicorée du matin. Je me lève, règle et suis discrètement l'homme plus âgé. Je le rattrape et lui emboîte le pas. À sa hauteur, je lui fais signe de me suivre. Nous nous arrêtons sous un porche, Il est un peu surpris et méfiant :

— Qu'est-ce que tu me veux ? Mon gars, fais gaffe, je porte à la ceinture quelque chose d'une efficacité redoutable.

L'homme me dépasse d'une tête, il m'impressionne. Au regard qu'il me jette, je n'en doute pas une seconde.

— Ne vous inquiétez pas, je suis un enfant du pays. Je rentre d'Amérique. Mes parents sont morts et je veux m'engager. Vous comprenez, je veux aider, je veux faire quelque chose de bien pour ma patrie.

Il me pose des questions et tente même de me déstabiliser :

— Je sais qui tu es. Tu es le fils du charpentier. Qu'est-ce que tu viens faire ici en plein conflit ? L'Amérique t'a mis dehors ? Tu y étais pas bien ? Qu'est-ce que tu veux au juste ? Te faire trouer la peau et devenir un héros ?

Ses questions me font penser à un interrogatoire en règle, mais je choisis de lui répondre calmement :

— J'ai vécu à Gerberoy, vous le savez, et mes parents y sont nés également. Ils sont décédés en 1928 et ils étaient appréciés par les habitants du village. Mais ça, vous le savez mieux que moi.

— Depuis quelque temps, on se méfie. La résistance est surveillée. Nous avons peur d'être infiltrés par un traître. Tu comprends ? On s'attend à ce que des étrangers, mais aussi des Français, s'infiltrent dans les réseaux de résistants pour les dénoncer, les démanteler et les livrer à l'occupant allemand contre de fortes sommes d'argent ou encore d'avantages conséquents.

Il semble réfléchir un long instant. D'un doigt, il lisse les cils d'un de ses yeux dans un geste machinal. Il décide de me donner rendez-vous à la nuit tombée dans le pré de Thaier, à la sortie de Gerberoy. Il m'informe qu'il va se rapprocher du chef du réseau, qu'ils vont enquêter à nouveau sur moi et ma famille pour vérifier la véracité de mes dires. Même si les recrues se font rares, avant de me recruter au sein du réseau, je comprends qu'ils doivent me faire totalement confiance. Je le salue et m'éloigne pour rejoindre la maison de mes parents. Je suis assez surpris qu'il m'ait donné un rendez-vous aussi rapidement. J'ai en effet entendu parler d'étrangers qui infiltraient les réseaux de résistance. À présent, je dois être, à leurs yeux, un étranger, absent de son village depuis deux décennies. Je reste toutefois confiant, je n'ai rien à me reprocher. Mes parents ont été durant toute leur vie des gens honnêtes et travailleurs, toujours prêts à rendre service. Ils étaient appréciés dans le village.

Dans la soirée, je m'habille bien plus chaudement et prends le chemin qui mène au pré de Thaier. Je suis méfiant. Il ne manquerait plus qu'il me prenne pour un espion et que je tombe dans un piège. Quand j'arrive, j'assiste au coucher du soleil qui me fait immédiatement penser à Solange et cette idée me quitte. Je me fais discret et attends une bonne heure avant de voir surgir un jeune homme. Il s'avance et me demande :

— Tu es seul ?

— Oui et j'ai été discret.
— Tu as été suivi ? Qui tu es toi ?
Pourtant il me semble déjà renseigné sur mon compte et il ajoute :
— Pourquoi tu es revenu en France alors que tu étais bien au chaud en Amérique ? Et ça fait plus de vingt ans que t'es parti en plus.
Je ne sais quoi lui répondre. D'un trait, je lui explique :
— Tu sais déjà qui je suis et pourquoi je suis parti, je présume. J'ai trouvé le bonheur en Amérique, c'est vrai, mais le devoir me rappelle à ma patrie.
— Tu es communiste ?
— Je ne sais pas, je ne me suis pas posé la question. En Amérique, ils sont pourchassés. Pour ma part, je suis animé d'idées humanistes. Je suis Français avant tout et ouvrier aussi. Le monde est rempli de pauvres et de très riches et ça ne me semble pas juste.
Il approuve de la tête. Il semble satisfait de mon état d'esprit.
— Tu sais tous les résistants sont considérés comme des marginaux, des communistes. Nous sommes démunis d'argent, d'armes et de munitions. J'espère que tu sais dans quoi tu t'engages.
— Je suis prêt à me battre et à défendre mon pays. Je suis revenu pour ça.
— Il y a un réseau qui est à l'action dans la région. Nous recherchons des gars courageux qui n'ont pas froid aux yeux pour faire passer des messages, distribuer des tracts et des journaux imprimés la nuit. Tout ça est organisé par des résistants dans des imprimeries clandestines. Il y aussi du transport de matériel, de courriers. Le réseau organise aussi des chaînes d'évasion pour les prisonniers de guerre français ou britanniques. Tu es toujours partant ?
Je lui réponds :
— Je suis prêt à accepter n'importe quelle opération. Je veux servir mon pays. Même si pour le moment, je suis loin d'imaginer ce en quoi ça consiste, mais je suis partant.

DISTRIBUTION DE TRACTS À SONGEONS

Pour le moment, cela se résumera à de la distribution de tracts, de journaux et de photos du Général de Gaulle pour tester ma discrétion et ma détermination. J'en suis ravi. L'homme me dit de rester très discret durant tout le temps que je resterai à Gerberoy. Sur ces mots, il me quitte et me rappelle à nouveau de rester discret et de ne faire confiance à personne. Je regagne la maison, me déshabille et m'endors sans me réveiller de toute la nuit.

Le lendemain matin, je sors le contenu de l'armoire de mes parents. J'y trouve des couvertures, les vêtements de mon père que je trie. Je mets de côté les vestes et les pulls les plus chauds qui vont bien me servir.

Dans la maison, il y a bien une cheminée, mais je n'ai pas le cœur à monter sur le toit pour vérifier si le conduit est propre. Je découvre dans le tiroir de la cuisinière du bois taillé. J'alimente la gazinière et fais craquer une allumette. Cela réchauffe la maison un moment, je laisse la porte de la chambre ouverte et c'est toute la maison qui se réchauffe.

Dans la semaine, je trouve quelques briques dans l'appentis. Je les nettoie et je les enfourne dans la gazinière alimentée avec le bois que j'ai trouvé. Je me souviens que ma mère me les plaçait au fond du lit quand j'étais plus jeune. Lorsqu'elles sont suffisamment chaudes, je les entoure d'un vieux torchon et je les installe sous la couverture. Je rajoute un édredon ventru trouvé dans l'armoire que je pose sur le lit. Ainsi réchauffé, mes nuits sont alors plus longues et je dors jusqu'au petit matin. Quand je m'éveille et que la maison est toute refroidie, je peux presque gratter le givre sur les carreaux.

Quinze jours passent et c'est janvier 1942 qui me surprend sans que je m'aperçoive vraiment du changement d'année et sans qu'il se passe quoi que ce soit, cela n'a pas d'importance, le cœur n'y est pas. Je suis dubitatif, je me pose des questions.

Un soir, alors que je m'apprête à dîner d'un repas frugal, j'entends trois petits coups frappés à la vitre de la cuisine. Je regarde discrètement par la fenêtre et je vois d'abord une ombre, un visage me faire signe de ne pas faire de bruit. J'ouvre la porte très doucement et un homme que je ne connais pas, passe le pas de la porte.

Revêtu de vêtements sombres et d'une casquette qui lui mange tout le visage, il me demande si je suis prêt. Je lui réponds :

— Je m'apprête à dîner, veux-tu partager mon repas ?

Il me répond que nous n'avons pas le temps. J'enfile un pull et une veste et je le suis. Nous nous engouffrons dans une camionnette dont je ne peux lire la publicité. Est-ce celle du laitier ? Je ne saurais le dire. L'homme me bande les yeux. Nous roulons durant une bonne demi-heure. Nous descendons du véhicule et il m'attrape par le bras pour le suivre. J'entends une porte s'ouvrir. Il me dit que nous sommes dans un endroit désaffecté. Il me retire le bandeau des yeux et m'apprend que l'usine est à l'arrêt. Il n'entre pas dans les détails.

— Le réseau a une mission pour toi. Tu es prêt ?

— Oui, je le suis.

— La mission est simple, mais elle va être déterminante pour la suite de ton engagement au sein de la résistance. Moi, je suis chargé de te remettre des tracts que tu devras distribuer en toute discrétion sous les pas de porte de la ville de Songeons à quelques kilomètres de là.

— Je n'ai pas de véhicule.

— Ne t'inquiète pas, tu trouveras une bicyclette rangée dans l'appentis de la maison. Elle t'est prêtée alors tu devras y faire attention, tu comprends ? La bicyclette, c'est l'idéal pour se déplacer sans se faire remarquer quand on circule la nuit.

— Je suis d'accord avec toi, mais ça fait vraiment longtemps que je n'ai pas fait de bicyclette. Je ne sais vraiment pas ce que ça va donner.

— Si tu veux vraiment aider, tu n'as pas le choix. Pour certaines opérations, c'est la bicyclette qui est le moyen le plus sûr. Le vélo, tu sais, ça ne s'oublie pas.

— J'espère !

— Demain matin, tu trouveras dissimulé dans l'encoignure de la fenêtre de la cuisine un paquet de tracts. Si cette mission se déroule bien, le réseau te proposera alors des missions bien plus périlleuses.

Sur ces consignes, il me bande à nouveau les yeux et me dépose devant la maison de mes parents. Je passe une nuit remplie de cauchemars, je me fais arrêter. Je me réveille en sueur et au petit matin, je chasse d'un revers de main toutes mes peurs.

Avant le lever du soleil, j'ouvre la fenêtre de la cuisine et j'y découvre entre la vitre et la persienne qui n'était pas fermée, un paquet bien ficelé. Je m'en empare, referme la fenêtre et m'installe dans le fauteuil de mon père et défais le paquet. J'y trouve une centaine de tracts qui sont imprimés sur un papier de piètre qualité, écrits à la main et à l'encre noire, accompagnés de trois tickets de rationnement. Les tracts invitent la population à rejoindre les mouvements de la Résistance française et à faire confiance au Général de Gaulle.

Je remets les tracts dans leur emballage de papier et les cale habilement dans la ceinture de mon pantalon. Je sors discrètement. La bicyclette m'attend recouverte d'une bâche dans l'appentis. Je l'enfourche, les tickets de rationnement me serviront plus tard. Je souris en pédalant et en constatant que je n'ai pas oublié. Heureusement, j'ai pensé à prendre les serre-pantalons de mon frère toujours bien utiles. Il y a un petit vent frais et je trouve ça agréable, car cela me donne du courage.

La journée s'annonce belle et ensoleillée. Visage au vent, je pédale jusqu'à Songeons. Pédaler me réchauffe et je me sens bien. J'ai la sensation que je réalise quelque chose d'important.

J'entre dans le village à moitié endormi, je passe devant la mairie. C'est un vieux bâtiment en pans de bois et torchis dont le portique avec son fronton et ses deux colonnes m'impressionnent par son ordonnance. Je rejoins en roue libre l'église et je tourne au coin de la rue, pose le pied à terre et gare la bicyclette sur le côté. Il s'agit de l'église Saint Nicolas construite en silex et en grès avec sa partie arrière en briques rouges, son clocher et son beffroi tout en charpente et en ardoises.

De mon pantalon, je sors les tracts et je prends la route à droite de l'église. Je glisse un tract sous chaque porte d'entrée des maisons. J'avance vite pour ne pas me faire remarquer. Il faut dire qu'à cette heure et en cette saison, les habitants vivent avec les persiennes fermées le matin. Revêtu de ma veste en lainage foncée et de ma casquette vissée sur mon front, recouvrant une partie de mon visage, je distribue les tracts en ne pensant à rien. Après avoir parcouru quelques centaines de mètres, je m'aperçois qu'il ne m'en reste quasiment plus. J'arrive devant le portail en bois de l'église, je repère une épingle et je punaise le dernier tract sur l'une des portes. Le soleil se lève complètement, je m'empresse de récupérer la bicyclette. Je reprends la route de la Motte vers Gerberoy, tout heureux d'avoir réussi ma première mission.

Dans l'appentis, au fond du jardin, je range la bicyclette sous la bâche et rentre me mettre au chaud. Je craque une allumette et une petite flamme grimpe dans le conduit de la gazinière. Je reste prostré longtemps sur le fauteuil en réalisant petit à petit que j'ai rempli ma première opération de résistance. Je m'endors bien au chaud.

Vers treize heures, réveillé, je décide de me rendre à l'épicerie qui s'est agrandie depuis que j'ai quitté le village.

En arrivant devant le pas de porte, je me souviens de Solange, sortant de l'épicerie, et que j'avais croisée. J'avais alors saisi sa main et je lui avais avoué mon amour. Je me revois rougissant, mais fier d'avoir franchi le pas. Elle m'avait rassuré en me souriant et elle était rentrée chez elle aussitôt craignant qu'un voisin ne la voit me parler. Nous approchions alors de nos dix-sept ans et nos parents commençaient à s'inquiéter de la tournure de notre amitié.

Avant de pénétrer dans l'épicerie, je dépose la bicyclette sur le côté, je pousse la porte et j'entends le tintement des petites cloches qui annonce le client et qui n'a pas changé. L'agencement intérieur quant à lui a été modifié. La jeune femme à la caisse me salue de la tête et s'empresse de me dire que les anciens propriétaires ont déménagé pour la zone non occupée. Ils ont vendu l'épicerie à ses parents qu'elle aide de temps en temps. Elle change de sujet pour me poser quelques questions auxquelles je réponds de façon évasive, souhaitant rester discret. J'espère ne pas en avoir trop dit. En échange de mes trois tickets de rationnement, j'obtiens un morceau de pain dont la croûte est un peu dure, des œufs, quelques rutabagas et du savon. J'aurais préféré des pommes de terre, mais la jeune femme me dit que les agriculteurs du coin manquent de bras. Les pommes de terre coûtent cher et le peu que les agriculteurs produisent est réservé aux Allemands. Dépité, je reprends mon chemin, enfourche la bicyclette, cale mon filet de courses sur le guidon et me hâte de rentrer.

Pour déjeuner, affamé, je me prépare une omelette baveuse agrémentée de morceaux de rutabagas. J'ouvre un des placards du vaisselier et y trouve une herbe séchée avec laquelle je saupoudre mon l'omelette. Je ne sais si elle est toujours comestible, mais quand je la sens, une sensation me revient, celle de ma mère qui parfumait souvent ses plats mijotés de cette herbe. Je prends plaisir à déguster mon omelette avec mon morceau de pain.

Je n'ai pas vraiment bien mangé à ma faim depuis mon arrivée, à part les deux repas que la voisine m'a préparés. Les temps sont durs et je pense que pour elle aussi. Se retrouver seule en pleine guerre, je ne sais pas si elle a des enfants pour la soutenir.

Après m'être rassasié, je débarrasse la table, fais la vaisselle que j'essuie avec un torchon trouvé dans le bas du vaisselier et qui sent, me semble-t-il, le renfermé ou le moisi. Tout est resté inerte tellement d'années et sans chauffage, la maison est humide et j'ai soudain froid.

J'attrape un journal plié laissé sur le rebord du vaisselier. Assis confortablement dans le fauteuil de mon père et repensant à lui, j'ouvre le journal et je cherche sans mal les nouvelles. Je m'aperçois qu'il s'agit d'un journal clandestin. Il y a très peu d'informations. En feuilletant les deux pages, je lis que les réseaux encouragent les habitants à rejoindre la résistance. J'apprends aussi le début de l'intervention allemande en Méditerranée. L'armée allemande est fière de conquérir l'Europe et cherche à soumettre les peuples par tous les moyens. Je tremble de rage et en même temps, je ressens de la peur. Je suis seul et je me sens seul. Je finis la lecture du journal sans vraiment m'y intéresser. Je choisis de le brûler dans la gazinière. Je pressens que le journal a été déposé par la voisine. Je choisis de ne pas lui en parler, je dois rester méfiant et ne faire confiance à personne.

Je décide d'ouvrir les portes du bas du vaisselier. J'y découvre de vieilles photos en noir et blanc avec les bords dentelés. Il y a surtout des photos de famille, de mes parents, de moi, de mon frère et de ma sœur. Il y a deux clichés de personnes que je ne reconnais pas, certainement de la famille éloignée. Sur les photos, mes parents sont en bonne santé et semblent heureux. Je me reconnais sur l'un des clichés, je joue avec ma sœur et mon frère avec des soldats en bois de couleur. Je ne me rappelle pas qui a pris cette photo et quand elle a été prise. En la retournant, je lis tracé au stylo « année 1909 ». Comme c'est loin dans mon esprit. Les années ont passé tellement vite. En feuilletant à nouveau certaines photos, je découvre dans une enveloppe une photo datée de 1923, il s'agit de mes parents, ma sœur est à leur côté. Mes parents me paraissent vieillis, les sourires ont disparu, ils posent, je pense, pour faire plaisir à mon frère. Ma sœur a bien grandi et seul son sourire timide illumine la photo. Elle tient dans ses bras Pandora, la petite chatte tigrée noire et marron que nous avions adoptée. Cette dernière déambulait dans le village des journées entières et revenait à la nuit tombée avec un mulot qu'elle offrait à ma sœur. Pandora s'étendait alors sur son lit et y passait la nuit lovée contre son dos.

En observant mes parents, je comprends la peine que je leur ai faite. Ils ont continué leur vie, mais la lumière qui émanait d'eux les a quittés. J'essaie en vain de me rappeler le son de leurs voix et leurs sourires. Hélas, cette photo sur laquelle ils apparaissaient vieillis et tristes ne m'aide pas, je préfère remettre la photo dans l'enveloppe et ranger le reste des photos dans le vaisselier. Je suis abattu et triste.

Dans les jours qui vont suivre, le réseau va faire à nouveau appel à moi pour une seconde opération. Je sais que le réseau me teste et je me dois d'être courageux.

ANDREW LE PARACHUTISTE BRITANNIQUE
Février

À la nuit tombée, je me prépare un sandwich. Je l'ai quasiment terminé lorsque j'entends trois coups frappés à la fenêtre de la cuisine. Je me raidis et vais ouvrir automatiquement la porte d'entrée. Un homme s'y engouffre et se présente comme étant Louis. Il me dit que ce n'est pas sa vraie identité, qu'il faut être prudent. Il ne cherche pas à savoir mon nom. Il me dit que cette nuit je vais accueillir un parachutiste britannique qui s'est écrasé, il y a deux jours, à une cinquantaine de kilomètres d'ici. Des villageois l'ont récupéré au petit matin et remis à la résistance en fin de journée.

Il demande mon aide pour le cacher, le temps qu'on lui trouve une planque. Il viendra le chercher dans quelques jours. Cela tombe bien, car je parle couramment l'anglais et c'est pour cette raison que le réseau a pensé à moi. J'accepte volontiers d'aider pour la cause. Sur ces quelques explications, il me quitte et me prie de garder l'œil ouvert cette nuit et de ne pas verrouiller la porte. Il me rassure et me dit que tout ira très vite et qu'il me faudra rester discret.

La nuit tombe, je décide de me coucher afin d'être frais pour recevoir mon hôte. J'espère qu'il ne sera pas blessé. Je sombre dans un sommeil lourd entrecoupé de réveils furtifs. Peu avant trois heures du matin, j'entends le cliquetis de la poignée de la porte qui s'ouvre et qui grince

légèrement. Je me lève d'un bond et suis satisfait d'être resté tout habillé pour dormir. Une voix d'homme me dit en chuchotant :
– N'allume pas la lumière.

Je tâtonne jusqu'à la porte d'entrée. Je perçois trois ombres dont un qui semble blessé et soutenu par les deux autres. Je les salue discrètement et referme la porte derrière eux.

Par précaution, la veille, j'ai fermé les rideaux et j'ai bien fait. Je peux enfin allumer. Je discerne à présent deux hommes d'un certain âge et un plus jeune, de taille moyenne, qui semble blessé à l'épaule. C'est Andrew le soldat britannique dont je dois m'occuper jusqu'à ce qu'il soit récupéré par le réseau et transféré vers l'Angleterre.

L'un des hommes plus âgés, que je ne connais pas, me confirme que le soldat est blessé et que la balle n'a fait que traverser l'épaule. Il a été récupéré par des hommes du mouvement ayant été prévenus par les villageois.

Sur ces mots, ils installent le jeune homme sur le petit lit que j'ai déposé dans un coin de la salle à manger, derrière la grande table. Je l'ai trouvé à la cave, je pense que c'est celui de mon frère Vincent. Je me souviens qu'à l'époque, nous dormions tous les trois dans la salle à manger, la maison n'était pas grande et l'unique chambre était réservée à mes parents.

Les deux hommes repartent aussi vite qu'ils sont arrivés en toute discrétion. Ils me préviennent que le soldat doit rester à l'abri et que personne du village ne doit avoir connaissance de sa présence. Ils me laissent un sac en toile qui contient des compresses, de l'alcool, quelques vivres et cinq tickets de ravitaillement. Ils m'expliquent qu'il faut changer son pansement toutes les quatre heures afin que la plaie ne s'infecte pas. Je les rassure en leur disant que je vais suivre à la lettre leurs consignes. Sur ce, ils me quittent en me conseillant de verrouiller la porte.

Andrew s'est endormi et je l'entends à présent respirer difficilement. Son sommeil semble agité. Je choisis de le laisser dormir, je le recouvre d'une couverture. Je vais m'étendre sur le lit de mes parents. Je m'assoupis légèrement, car j'entends par moment sa respiration saccadée.

Vers cinq heures du matin, je l'entends gémir. Je me lève et m'approche de lui. Il a les yeux ouverts et cherche à comprendre où il se trouve. Je ne suis pas rassuré, car je sais qu'il est armé, il semble hagard. Je saisis une petite lampe torche et dirige le faisceau de la lampe au plafond. Je m'approche un peu plus de lui pour qu'il voie mon visage. Je m'empresse de lui dire dans sa langue :

– Tu es en sécurité Andrew. Le temps que tu te remettes de ta blessure, qui semble légère, je suis chargé de prendre soin de toi et de surtout te cacher dans l'attente de ton évacuation.

Il semble rassuré d'entendre ma voix et de comprendre ce que je lui dis. Apaisé, il grimace en ajoutant :

– Ton accent n'est pas britannique.

Je souris en le lui confirmant :

– Moi, c'est Mathew. J'ai voyagé jusqu'en Amérique et je m'y suis installé plusieurs années. Je suis de retour en France pour défendre mon pays.

Il esquisse un sourire.

Je réponds à ses quelques questions tout en restant évasif n'ayant moi-même que peu d'informations à lui fournir.

Une fois rassuré, je l'aide à boire et lui propose de changer son pansement. Il acquiesce d'un signe de tête. Je défais avec précaution la manche droite de sa veste. Il se raidit, mais se laisse faire. Malgré la douleur, il me dit de continuer. Je dégage son épaule et défais le pansement. La plaie n'est pas vilaine, elle a été recousue proprement. Si elle est nettoyée régulièrement, il s'en remettra rapidement.

Après les soins, je lui propose une chicorée qu'il boit d'une traite même s'il me dit qu'il a une nette préférence pour le thé. Je n'en doute pas, mais je n'en ai pas trouvé en fouillant dans le vaisselier. Il se met à me parler et à me décrire comment il en est arrivé là :

– Je m'appelle Andrew et je suis âgé de vingt-trois ans. Je ne peux pas vraiment te parler de ma mission.

Mais il continue pourtant :

– J'ai pour objectif de rencontrer les chefs des mouvements de résistants avec un message de Londres pour que les groupes s'unissent en vue d'un Débarquement.

De mon côté, j'ai connaissance que la Résistance est encore réfractaire pour s'unir. Les réseaux ont tous un chef à leur tête. Ils sont indépendants et ne s'accordent pas toujours. Andrew réfléchit un long moment avant de m'informer que toutes les décisions viennent de Londres, ainsi que les moyens techniques et l'argent. Il a une forte somme d'argent et son ordre de mission secret sur lui, pour mettre en place une armée. Il ne m'en dit pas plus, il semble fatigué et de toute manière, je ne veux pas en savoir davantage. Je souhaite apporter mon aide afin que cette maudite guerre se termine et que je puisse rejoindre ma famille.

Il esquisse un sourire et me dit qu'il mangerait bien quelque chose. Je propose de lui préparer une omelette. Je sors une poêle, mets un peu d'huile trouvée au fond du vaisselier. Je casse quelques œufs dans un saladier que je bats vigoureusement avec une pincée de sel.

Redressé et adossé au mur, il me regarde faire et je m'aperçois qu'il a vraiment faim. Je verse la préparation dans la poêle bien chaude. L'omelette se met à frémir au contact de l'huile et de la chaleur. L'odeur des œufs se répand petit à petit dans la cuisine et je me surprends également à avoir faim. Quand elle est prête, je dépose la moitié de l'omelette dans une assiette. Il me fait comprendre qu'il faut lui rouler et qu'il la mangera telle quelle à la main. Quand l'omelette roulée a refroidi, je lui tends et il l'engloutit littéralement. Il s'essuie les doigts sur son pantalon. Je choisis de manger mon omelette comme il l'a mangée et je lui trouve un autre goût. Nous nous surprenons à en rire tous les deux. Comme il a encore faim, je lui tends un morceau de pain un peu dur. Je ne suis pas retourné faire des courses à l'épicerie du village.

Après ce petit-déjeuner qui ressemble plus à un brunch, comme il me le fait remarquer, je l'aide à se lever et à enlever sa chemise. Je lui tends un gant humide pour qu'il puisse se rafraîchir.

Pendant ce temps, je décide de me rendre à l'épicerie faire quelques achats en plus des vivres apportés par le réseau afin de nous nourrir convenablement et qu'Andrew reprenne des forces. Je lui conseille de rester couché et de ne faire aucun bruit. Si la voisine vient à passer, je lui rappelle de n'ouvrir, sous aucun prétexte, la fenêtre et la porte. J'enfile une veste chaude. Je coupe la lumière, tire les rideaux et laisse les persiennes fermées. Je referme la porte en la verrouillant.

Sur le chemin qui me conduit jusqu'à l'épicerie, je marche d'un pas rapide. Arrivé devant la devanture, je salue la jeune femme qui tient la caisse. Elle semble me reconnaître et me sourit. Je détourne aussitôt le regard. Avec les tickets fournis par la résistance, j'obtiens un peu de pain, des rutabagas, du bacon en boîte, un poireau et quelques carottes toutes terreuses. Je cherche du sucre, mais je n'en trouve pas sur les rayons. Je règle et la jeune femme me demande si j'ai trouvé tout ce que je cherchais. Elle m'informe qu'il est difficile à présent de se ravitailler. Quelques agriculteurs n'hésitent pas à revendre au marché noir ou à faire du troc avec le supplément des rations qui leur est exceptionnellement accordé, notamment le sucre et l'huile. Pour le beurre, c'est plus compliqué. Elle connaît quelqu'un qui le vend au marché noir en se rendant dans l'Eure, à plus de cinquante kilomètres. Elle conclut qu'il est vraiment difficile à présent d'achalander convenablement l'épicerie même si elle fonctionne essentiellement par le troc avec les agriculteurs d'un côté et avec les villageois aussi. Il est vrai que les rayons sont quasiment vides.

En revanche, si je la préviens assez tôt, me dit-elle, elle pourra me vendre de la viande, mais que le prix sera exorbitant. Ne souhaitant pas m'étendre sur le sujet, je la remercie et je reprends le chemin du retour.

Je fais cliqueter doucement la serrure en y insérant la clé. Je pense qu'Andrew est endormi. C'est ce que je constate en entrant. Je dépose mes courses sur la table sans faire de bruit et regarde le jeune homme. Il dort et semble apaisé.

J'épluche les rutabagas, les passe sous l'eau pour enlever la terre et je les coupe en petits dés. Je prévois de lui préparer une soupe avec le poireau et les carottes. Je pense que cela va l'aider à récupérer plus rapidement. Comme il semble avoir un solide appétit, je songe à cuisiner à nouveau une omelette. Pendant que les légumes cuisent, je fais un brin de toilette. Je change de chemise que je trouve dans l'armoire de mes parents. Je fais la même taille que mon père et enfiler sa chemise me fait quelque chose. Je chasse cette pensée qui m'attriste. J'entends du bruit dans la salle à manger et je rejoins Andrew.

L'odeur des légumes qui cuisent lentement l'a réveillé. Il a encore faim. Je souris et me dis qu'à cet âge-là, les jeunes ont un solide appétit. Les légumes cuits, je les égoutte et les écrase à l'aide d'un ustensile dont se servait ma mère pour écraser les pommes de terre afin de préparer une purée. J'ajoute de l'eau de cuisson petit à petit afin que les légumes écrasés ressemblent à une soupe épaisse. Andrew me dit qu'il a envie d'y goûter, car il a très froid. La maison n'est pas chauffée, je m'en suis accommodé jusqu'à présent. Andrew ne doit pas avoir froid pour récupérer.

Il faudrait que j'aille chercher du bois au fond du jardin, mais je ne sais pas si le bois est assez sec pour brûler dans la cheminée. Cette dernière n'a pas servi depuis de nombreuses années, je n'ai pas envie de mettre le feu à la maison. Après réflexion, je choisis d'aller chercher une échelle et de monter sur le toit. Pour moi, ce n'est pas une difficulté, j'ai l'habitude depuis mon plus jeune âge de grimper sur les charpentes et je n'ai pas peur du vide. Après avoir verrouillé la porte, j'enfile ma veste et me dirige, vers le fond du jardin. J'y trouve une échelle assez haute. Je l'appose sur la façade côté jardin et j'escalade le toit. Au-dessus de la cheminée, j'examine le conduit en espérant ne pas y trouver des nids d'oiseaux. Le conduit est relativement propre. Un instant, je regarde au loin. Un souvenir me revient.

Au mois d'août, quand la chaleur nous empêchait de dormir la nuit, mon père et moi, nous en profitions pour monter sur le toit et observions, à notre plus grand plaisir, les étoiles filantes. C'était un bonheur de repérer la Grande Ourse, le Chariot et la grande Casserole. Au petit matin, nous redescendions sous l'œil courroucé de ma mère, mais cela ne durait pas.

C'est si lointain tout ça, j'en profite pour remettre deux tuiles que le vent a déplacées. Je range l'échelle et je découvre, dans l'appentis, rangées sous une bâche épaisse, des bûches de bois. Je constate qu'elles sont sèches, j'en remplis un panier et rentre à la maison.

Andrew est allongé, recroquevillé sur lui-même. Il frissonne. Je vais chercher dans l'armoire de mes parents une couverture supplémentaire et le recouvre avec. Il me remercie. Avec une allumette, j'essaie d'éclairer le conduit de la cheminée. De l'intérieur, il semble propre. Je fais brûler du papier journal qui s'enflamme aussitôt et je dépose petit à petit les bûches qui prennent feu instantanément. Le foyer de la cheminée s'illumine et cela me ramène plusieurs années en arrière quand les soirs d'hiver, mon père s'affairait lui aussi à la cheminée pour réchauffer la maison. Enfant, je le regardais faire.

Bientôt, la pièce se réchauffe et nous savourons la douce chaleur. Andrew s'assoit sur le côté du lit. Je réchauffe la soupe et prépare l'omelette. Pendant que l'omelette cuit, je verse la soupe dans un bol que je tends fumant à Andrew qui la boit tranquillement. Il souffle dessus et en boit quelques gorgées jusqu'à ce qu'il puisse finir son bol.

Quand l'omelette est cuite, nous nous installons à table et nous dégustons l'omelette fumante que nous roulons, amusés. Andrew me dit qu'il se sent mieux, la pièce s'est réchauffée et nous savourons le moment. Je débarrasse la table. Andrew me dit qu'il est prêt si je veux bien lui changer son pansement. Sa plaie le fait moins souffrir. Sa blessure cicatrise.

À la fin de la semaine, Andrew est toujours à la maison. Je me demande s'ils viendront le chercher cette nuit. Lui aussi se pose des questions. Il aurait bien aimé rester encore quelques jours, car il se sent bien. La maison est chaude et on y mange bien, me dit-il. Il va beaucoup mieux je dirais, même si sa blessure se rappelle à lui par moments en raison des tiraillements de la plaie qui commence à se refermer. Nous plaisantons à ce sujet, car nous remarquons que les hommes sont bien plus douillets que les femmes et nous sommes bien d'accord même si en général, nous le nions.

Dans la nuit, j'entends frapper au carreau de la cuisine. Je me lève et aperçois les deux hommes qui ont déposé Andrew en début de semaine. Je les fais entrer et ils me confirment qu'ils viennent chercher le soldat britannique. Ils ont eu une liaison radio et c'est le moment idéal pour procéder à son extraction. Andrew se réveille et se lève. Il comprend que les deux hommes viennent le chercher. Avec difficulté, il enfile sa veste et me remercie chaleureusement dans une accolade fraternelle. Nous savons que nous ne nous reverrons pas, mais je suis fier d'avoir pu l'aider et lui est reconnaissant pour mon aide. Les trois hommes s'engouffrent dans la nuit et repartent aussitôt dans une camionnette banalisée.

Je me retrouve seul. Je défais le lit et plie sommairement les draps. Au petit jour, je range le lit à la cave à l'endroit où je l'ai trouvé. Je ne sais pas s'il resservira, mais je suis prêt à accueillir un autre soldat blessé s'il le faut.

Depuis plusieurs jours, je suis sans aucune nouvelle du réseau. Je suis déterminé à leur montrer mon total engagement. Je reprends mes habitudes en faisant mes courses tous les deux jours.

Le reste du temps, je me repose, je trie et range les affaires de mes parents. Je jette aussi beaucoup d'objets inutiles et brûle même des papiers au fond du jardin. J'essaie de m'occuper comme je peux sans me faire remarquer.

LE VOL DES TICKETS DE RAVITAILLEMENT ET LA LISTE DES OUVRIERS DÉSIGNÉS POUR PARTIR TRAVAILLER EN ALLEMAGNE

Le vendredi qui suit le départ d'Andrew, je trouve une enveloppe coincée dans le recoin du volet. Le mot déposé pendant que je dormais est succinct. On me donne rendez-vous à quatre heures du matin à Troissereux, village situé à quelques kilomètres de Gerberoy. J'ai pour instruction de me déplacer avec la bicyclette toujours rangée dans l'appentis et recouverte d'une bâche.

Un peu avant trois heures du matin, je me lève dans le froid et l'humidité de la maison. J'avale à la hâte une chicorée que j'ai préparée la veille et un morceau de pain. J'enfourche la bicyclette et roule jusqu'à Troissereux. Le jour n'est pas encore levé. Je me dirige vers le lieu de rendez-vous qui se trouve après le village. Après une trentaine de minutes de pédalage intensif, j'entre dans un pré et me retrouve avec un groupe d'une dizaine d'hommes dont quelques-uns sont, il me semble, armés. Ils me saluent. Je suis en sueur d'avoir pédalé aussi vite, je me refroidis et je suis mal à l'aise. Les hommes me regardent et comprennent que j'ai fait le voyage à bicyclette.

Un homme plus âgé et trapu me salue, s'approche et me prend à part :

– Salut mon gars. On est bien content de t'avoir parmi nous, car il nous manque un homme pour l'opération. On a remarqué que tu es d'un naturel calme et que tu as déjà fait preuve de sang-froid lors des deux dernières opérations. Cette fois-ci, l'opération en question est bien plus dangereuse. Il va falloir être rapide et bien organisé. Nous avons fait un repérage en début de semaine. Normalement, on n'a pas de soucis à se faire.

– Pas de problème, je suis votre homme. S'il m'arrive quelque chose, on ne sait jamais, je souhaite que ma famille soit prévenue. J'ai laissé chez moi une lettre que j'ai dissimulée sous le vaisselier, à l'attention de ma femme. Elle vit en Amérique.

Il en prend note et me rassure, tout va bien se passer.

Le réseau manque de recrues surtout de jeunes hommes, car ils sont actuellement encouragés à partir pour le travail volontaire en Allemagne, le fameux STO.

Le Service de Travail Obligatoire oblige les jeunes hommes à partir travailler en Allemagne. Certains n'hésitent pas d'ailleurs à partir, car ils sont mieux payés. En tout cas c'est ce que proclame la propagande allemande. J'ai appris que beaucoup de jeunes hommes sont envoyés aussi contre leur gré pour l'effort de guerre allemand, en tant que prisonniers de guerre, à travailler notamment dans les carrières aux travaux les plus durs. Durant leur séjour, d'autres travaillent entre autres pour l'industrie de l'armement. Ils réalisent néanmoins des actes de sabotage sur les machines qui tombent ainsi en panne ou encore en faussant la cote des pièces, ce qui retarde considérablement la chaîne de production.

D'autres jeunes sont totalement réfractaires au STO. Ils choisissent alors de se cacher ou enjoignent les groupes de résistance. J'apprends qu'un hameau près d'Agnetz, situé à une cinquantaine de kilomètres, est utilisé comme couverture pour ces réfractaires. Les jeunes gens peuvent y trouver un endroit où se cacher. Comme les groupes de résistance manquent de bras et qu'au fil des opérations les arrestations deviennent de plus en plus fréquentes, ces nouvelles recrues sont les bienvenues. Les résistants qui se font prendre sont envoyés à Amiens pour y être internés à la prison. Ils y subissent alors les interrogatoires musclés de la police allemande et peuvent être libérés ou envoyés en Allemagne pour construire les camps de concentration. En vérité, peu d'hommes souhaitent quitter la France, alors ils décident de se cacher pour ne pas être envoyés en Allemagne ou s'engagent dans la Résistance.

L'homme m'explique qu'il est cheminot et que son beau-frère a été arrêté il y a un mois et qu'il est sans nouvelle de lui. Cela ne l'empêche pas de lutter par tous les moyens contre l'occupant.

Ce qui amène ces hommes à agir, ce matin-là, est d'une tout autre envergure pour moi. Ils prévoient le vol de tickets de ravitaillement et d'une liste spéciale, je n'ai pas bien compris. Le tout est stocké dans un bâtiment public. Nous prenons l'estafette, tous entassés à l'arrière.

Les hommes sont courageux, me dis-je, *ils ne se plaignent pas de leur sort* et, malgré mon appréhension, je garde mon sang-froid. Un homme bougonne dans l'estafette, il a peur qu'elle soit prise pour cible par un avion de reconnaissance. Avant de mitrailler, ces avions font toujours un aller de reconnaissance et reviennent aussitôt mitrailler les véhicules ou bien encore la population sur la route. Je commence à avoir réellement peur. Les hommes lui demandent de garder son calme.

L'homme assis à mes côtés m'apprend que nous nous dirigeons vers la mairie de Grémévillers pour y prendre plusieurs milliers de tickets. Quelques jours plus tôt, il explique qu'un repérage a été effectué. La mairie est bien surveillée par un gardien et il va falloir être prudent. Si tout se déroule comme prévu, l'opération sera rapide et nous pourrons récupérer de quoi nous ravitailler. Nous pourrons fêter l'opération entre camarades. C'est comme cela qu'ils s'appellent entre eux.

Devant la mairie, le véhicule se stoppe. La moitié des hommes en descend et fait le guet au carrefour de l'église qui se trouve en face de la mairie. Les cinq derniers dont je fais partie descendent de l'estafette.

Un des hommes du groupe sort prestement un pied de biche qu'il insère dans l'encadrement de la porte. En deux temps, trois mouvements, il fracture la serrure qui cède facilement. Nous nous engouffrons à l'intérieur. Le gardien doit faire sa ronde, car nous ne le voyons pas.

À l'aide de lampes torches, nous nous frayons un chemin dans les couloirs. Comme convenu, un des hommes trouve le coffre où doivent se trouver les tickets de ravitaillement et la fameuse liste. Un autre homme s'agenouille devant le coffre, l'ouvre après avoir manœuvré les boutons chiffrés du coffre. La porte cède et nous trouvons les tickets de ravitaillement rangés sur l'étagère du haut. En ouvrant un cahier rangé à côté des tickets, un feuillet glisse au sol. Il s'agit de la liste des ouvriers désignés pour partir travailler en Allemagne. L'homme qui est chargé avec moi de remplir les trois sacs en toile grossière s'en empare. Il me fait comprendre que c'est un document très important. Il faut faire vite. Les tickets rapidement chargés, nous nous apprêtons à quitter le bâtiment quand nous entendons des coups de feu provenant de l'extérieur. En file indienne, nous reprenons rapidement le chemin des couloirs sombres. Je m'affole intérieurement, le sac en toile de jute pèse de plus en plus lourd sur mon épaule.

À l'angle de l'église, deux hirondelles à bicyclette visent l'estafette pour chercher à endommager les pneus et à stopper notre véhicule. Il s'agit en fait d'une patrouille de gendarmes français revêtus de leur cape. Ils ont repéré, en faisant leur ronde, l'estafette stationnée devant la mairie avec deux de nos camarades. Les gendarmes ont deviné qu'il se trame quelque chose à l'intérieur de l'édifice. Du trottoir d'en face, les hommes postés au carrefour les voyant arriver accourent vers l'estafette. Les gendarmes tirent maintenant en leur direction. Il s'ensuit une fusillade. En cherchant à m'engouffrer tête baissée dans le véhicule, je ressens soudain une douleur intense dans l'épaule gauche. Deux camarades ont juste le temps de me pousser sans ménagement à l'intérieur. Le reste des hommes referment à la hâte sur eux les portes du véhicule qui déjà démarre à vive allure. Nous nous couchons sur le plancher.

Je suis blessé, je le sens. Je suis parcouru de frissons et en même temps je sens couler un liquide chaud, à l'intérieur de ma chemise et dans mon dos. L'un des hommes qui m'a aidé à m'engouffrer dans la camionnette me dit de ne pas m'inquiéter. À ce moment-là, il y a un gémissement. Un homme est touché plus sérieusement, il nous semble. Les gendarmes l'ont blessé alors qu'il traversait la rue avec le premier groupe posté au carrefour.

Nous roulons ventre à terre sur une dizaine de kilomètres pour rejoindre le village de Bonnières. Les gendarmes ne peuvent se mettre à nos trousses et cela nous rassure un peu. Mais il faut à présent cacher le véhicule et rester discrets. La police allemande ne va pas tarder à patrouiller et à rechercher les coupables. La douleur de ma blessure me plonge dans un malaise comateux. Ma vue se brouille et je ne perçois plus que des sons lointains. J'apprends plus tard que la balle qui s'est logée dans mon épaule a été extraite et ma plaie a été recousue.

Le lendemain, un homme me dépose en pleine nuit à la maison. Il me confirme qu'une infirmière engagée dans le réseau m'a soigné le jour même pour extraire la balle et panser ma blessure. Entre le coup de feu qui m'a atteint et ma blessure pansée, je ne me souviens pratiquement de rien. Tout est flou, il me dit que j'ai un peu déliré. Pour calmer la douleur, l'infirmière m'a fait une piqûre de pénicilline sûrement dérobée à l'hôpital. Je suis resté ainsi dans une planque à quelques kilomètres de Gerberoy. Je n'en sais pas plus. Je suis vivant et c'est le principal. L'homme blessé dans l'estafette n'a pas eu cette chance et est décédé de ses blessures dans la nuit. Une balle a sectionné son artère fémorale. L'infirmière n'a rien pu faire pour lui, la balle était mal logée. Il aurait fallu l'emmener à l'hôpital, mais cela aurait fait prendre des risques au réseau s'ils avaient été démasqués.

À cette époque, la police et la gendarmerie française collaborent et obéissent aux exigences de l'armée allemande. Ces deux unités patrouillent avec la police allemande durant plusieurs jours. Ils ne trouvent aucune piste. La voiture a été maquillée auparavant et les plaques d'immatriculation changées. Les hommes se font plus discrets.

L'armée allemande et sa police ont d'autres chats à fouetter et il ne s'agit que de tickets de ravitaillement dérobés. Mais pour la liste de travailleurs pour le STO, il en est tout autrement.

Concernant les tickets de ravitaillement, un des officiers allemands a répondu aux gendarmes que cela ne les empêchera pas eux de manger de toute façon à leur faim : « Tant pis pour les Français », a-t-il rétorqué en ricanant.

De leur côté, les gendarmes veulent continuer à chercher les coupables, mais le commandant allemand en poste les en dissuade, car il projette de mettre cette affaire dans les mains de la police allemande. Néanmoins, il ordonne aux gendarmes français d'intensifier leurs rondes de nuit. *Les hommes qui se sont infiltrés dans la mairie finiront bien par se faire prendre*, maugrée-t-il.

Le réseau m'avertit que la police française apporte une aide inestimable à l'occupant en collaboration avec la Gestapo. Elle a formé une brigade spéciale de la police pour traquer les résistants avant de les remettre aux autorités allemandes. Lors des opérations, si nous nous faisons prendre, nous savons qu'il y aura des représailles de l'occupant.

Il m'a été rapporté que pour tout attentat contre l'armée d'occupation, chaque allemand tué, ce sont plusieurs dizaines de Français qui sont alors exécutés, sans oublier leurs familles qui sont également arrêtées et déportées en guise de représailles. Ce sont des familles entières qui sont décimées. L'occupant allemand agit en pays conquis et fait régner une terreur préventive et dissuasive.

Il me sera relaté plus tard que le gardien de la mairie a été envoyé à la prison d'Amiens pour y être interrogé, sans que personne ne devine que c'est en fait la secrétaire de la mairie qui a informé le réseau du dépôt des tickets de ravitaillement ainsi que des codes chiffrés du coffre. Elle n'est pas inquiétée, car elle a quitté la ville quelques jours avant le dépôt des tickets prétextant un départ précipité pour ses parents souffrants.

Quand je suis remis, je me décide enfin à écrire à Morgan. J'ai mis du temps à lui écrire par peur que mes courriers soient interceptés. Je ne veux surtout pas qu'elle s'inquiète. Je lui rappelle mon amour et ma promesse de revenir auprès d'elle, sain et sauf. J'omets de lui raconter qu'une balle a été extraite de mon épaule qui n'aura certes plus les mêmes facilités, je le pressens.

L'infirmière me confirmera plus tard qu'elle a réussi à extraire la balle, mais qu'un nerf dans la zone paravertébrale gauche a été touché et que j'ai aussi deux côtes cassées. Mon rétablissement sera plus long que prévu. J'ai eu de la chance, j'en suis conscient. J'ai eu plus de chance que le camarade qui est décédé de ses blessures.

En juillet 1942, le temps est vraiment mauvais. Depuis plusieurs semaines, les températures sont bien plus basses qu'à l'habitude, il pleut et le vent est menaçant. Cela a quelque chose de glaçant pour un été qui devrait être ensoleillé et chaud.

En ouvrant la porte de la maison, je découvre un colis quasiment ouvert. Je l'attrape et referme la porte aussitôt. En observant l'emballage, je constate qu'il s'agit d'un envoi de Morgan qui s'est empressée de répondre à ma missive qui a mis plusieurs semaines à lui parvenir. Je trouve à l'intérieur une belle lettre d'amour de sa part et un mot de mes enfants. Malheureusement, le colis a été déposé bien abîmé. Il ne contient que la lettre et le mot de mes enfants. Je suis pourtant heureux d'avoir de leurs nouvelles ! J'apprendrai plus tard que le réseau avait récupéré le colis pratiquement ouvert parmi les quelques courriers qui arrivaient encore à circuler.

Ma femme m'apprend qu'elle espère que je vais savourer le chocolat et que le linge me sera utile, mais rien de tout ça ne se trouve dans le colis. J'imagine que la censure est passée par là et que l'on s'est servi. Je continue à lire sa lettre et elle m'apprend que la guerre semble loin en Amérique. Le moral de la population est pourtant en berne. Depuis l'attaque de Pearl Harbor, les Japonais sont traqués et ils sont envoyés dans des centres de rétablissement sans en connaître vraiment l'endroit exact.

Elle m'écrit qu'il fait beau et que je ne dois pas m'inquiéter. Vu leur situation financière qui commençait à décliner, elle a trouvé du travail. Elle a eu la possibilité de travailler dans une usine de textile pour le tissage des uniformes de l'armée, mais elle a préféré travailler à l'usine de fabrication de munitions qui recherche essentiellement de la main-d'œuvre féminine, car les hommes sont partis à la guerre. Elle m'écrit que c'est surtout bien mieux payé. Le contremaître est content de son travail et elle se débrouille bien. *Je n'en doute pas.*

Elle poursuit en me racontant qu'il y a un mois environ, un des ouvriers l'a agressée lorsqu'elle sortait du vestiaire. Il n'y avait personne. Il en a profité pour la plaquer au mur, dans le couloir de l'usine. Il a essayé de l'embrasser. Elle l'a repoussé aussitôt et l'a giflé prestement. Surpris, le gars s'en tenait la joue. Il l'a alors insultée et lui a dit sournoisement : « *Petite, laisse-toi faire, j'en ai maté d'autres que toi. Une belle fille comme toi ne devrait pas rester seule* ». Secouée, elle a continué à travailler le reste de la journée. Le gars a continué à lui lancer des œillades. Elle a réussi à éviter son regard, mais quand elle a quitté l'usine en fin de journée, elle est rentrée accompagnée de sa voisine de poste qui s'est aperçue du manège de l'ouvrier. Le soir même, elle a raconté à Connor, qui passait pour lui apporter du bois de chauffage, ce qui lui était arrivé dans la journée. C'est Connor, le lendemain matin, qui l'a déposée à l'usine. Il s'est empressé de rendre une petite visite au gars. La haute stature de l'Irlandais a quelque peu décontenancé l'ouvrier qui s'est défendu en arguant que c'était elle qui lui avait fait des avances. Le sang de Connor n'a alors fait qu'un tour, il l'a empoigné et lui a asséné un coup de poing dans le thorax. Par la violence du coup porté, le visage de l'homme s'est crispé de douleur, il est tombé à terre, peinant à reprendre son souffle. Connor a ajouté : « *Si tu touches ne serait-ce qu'un cheveu de cette femme, je te réglerai ton compte. Compris ? Maintenant, tu vas faire tes excuses à la dame. N'oublie surtout pas ce que je t'ai dit* ».. L'autre essayant de reprendre son souffle s'est relevé avec difficulté et a acquiescé du regard. Dans un murmure, il a présenté ses excuses à Morgan. Penaud, il a rejoint son poste sous l'œil amusé des ouvriers. Morgan a remercié Connor. C'est ensuite le contremaître qui est venu la chercher s'apercevant de la présence de Connor et de son altercation avec son ouvrier. Quand il a compris ce qui était arrivé à Morgan, le contremaître a rassuré Connor en lui promettant qu'il allait faire attention à elle. Sur ces mots, Connor a repris la route. Le reste de la journée, le gars a été l'objet de moqueries de la part des autres ouvriers. Le lendemain, il ne s'est pas présenté à son poste et on ne l'a pas revu à l'usine.

Je suis loin de ma femme et ce qui lui est arrivé me rend nerveux, je serre les poings et j'essaie de contenir ma colère.

Morgan continue en m'expliquant en quoi consiste son travail, comment elle contribue à fabriquer notamment des obus. Elle m'écrit qu'à longueur de journée, elle tire sur des manettes pour faire avancer les obus qui se remplissent de poudre. Elle active ensuite un autre levier pour tasser la poudre et l'obus part sur un tapis roulant où un détonateur y est installé. Elle ajoute de la peinture rouge sur le bout de l'engin qui sert pour les DCA, les canons chargés de tirer sur les avions. Elle me raconte aussi qu'elle fait cela tout au long de la journée. Le soir, en quittant l'usine, les gens plaisantent sur sa chevelure orange, due au Tétryl contenu dans la poudre de chargement qui dégage en plus des vapeurs qui lui brûlent le nez et la gorge. La nuit, elle dort mal et elle a du mal à respirer. Elle boit alors du coca et du Dr Pepper. Elle préfère ces boissons à l'eau.

Elle poursuit en me disant de ne surtout pas m'inquiéter pour elle et les enfants ainsi que pour nos terres. D'ailleurs, sur les conseils de Connor, les amis et les voisins ont monté ensemble une sorte de coopérative et la main-d'œuvre agricole ne manque pas. Ils mettent tous leurs moyens, quels qu'ils soient, en commun. Avec de l'entraide et de la solidarité, la mutualisation fonctionne plutôt bien. Elle pense que cette forme d'organisation persistera forcément dans le temps. Elle m'expliquera à mon retour comment cela fonctionne en détail. Avec la coopérative, elle a pu ainsi continuer à acheter de l'électricité.

Quant à ses chevaux, elle en a vendu une partie après mon départ pour la France. À présent, les trois chevaux qu'il lui reste paissent dans les prés et vieillissent paisiblement. Deux poulains sont nés depuis mon départ, ils sont magnifiques. Il y a une quinzaine de jours, un est également né et il gambade déjà avec sa mère pendant qu'elle m'écrit. Un des chevaux que j'ai l'habitude de monter, lors de nos promenades avec Morgan, a été bien souffrant. Une anémie infectieuse l'a touché et Morgan a craint qu'il contamine les autres chevaux. Elle m'explique que l'animal a eu une forte fièvre et a beaucoup maigri. Depuis quelques jours, il semble aller mieux. Morgan me rassure sur son état, elle sait que j'y suis attaché. Elle poursuit en m'écrivant que tout se passe encore bien ici à Braintree.

Cette femme me surprendra toujours, mais je m'inquiète néanmoins pour sa sécurité et sa santé. Heureusement que Connor veille sur elle et nos enfants.

Elle me donne également des nouvelles de Will qui termine quasiment son apprentissage. Jeanne poursuit ses études d'infirmière. Je n'en suis pas étonné, c'est une jeune femme tournée vers les autres. Ayant perdu très jeune son papa souffrant, elle désire soigner et se rendre utile. La jeune fille est amoureuse me raconte Morgan. Le jeune homme passe régulièrement devant la maison, mais il ne s'est pas encore déclaré. Morgan poursuit qu'elle a surpris, de la fenêtre de la cuisine, le jeune homme envoyer des baisers à Jeanne. Il est plutôt beau garçon.

Je souris à cette nouvelle, et je ne m'en inquiète pas. Jeanne a du caractère comme sa mère en grandissant. Tous me manquent atrocement.

Morgan termine sa lettre en m'écrivant que je lui manque également et que je ne dois pas oublier ma promesse, celle de revenir à elle sain et sauf. Je replie sa lettre que j'embrasse à la recherche de son parfum. Un parfum de vanille qui s'est estompé depuis son grand voyage. Je suis déçu. Je range soigneusement la lettre ainsi que celle de mes enfants qui ont pris le temps de me raconter, eux aussi, leurs journées et leur tristesse de ne pas me voir rentrer.

Remis quasiment de ma blessure, je continue à m'investir dans le réseau qui me fait désormais confiance. Je suis l'un des leurs, même si je ne suis pas cheminot et communiste. Je suis à leurs yeux un ouvrier comme eux. Ils m'encouragent à rester et je choisis de continuer la lutte.

À présent, je pense qu'il me serait difficile de rentrer, les routes sont de plus en plus contrôlées. Il me paraît bien imprudent désormais de me rendre au Havre pour prendre un bateau. À mon arrivée, le port était déjà dévasté. En outre, j'apprends que la « Kreegs Marine » peut patrouiller en mer pour couler les bateaux non armés, aidée par les sous-marins U-Boots qui torpillent et coulent parfois les navires. Cela ne me rassure pas.

Ma décision prise, le réseau décide alors de me fournir de faux papiers. J'apprends que la résistance s'organise pour créer un service très efficace de vrais faux papiers dans une imprimerie clandestine : fausses identités, fausses adresses, faux tampons, permis de circuler, carte d'alimentation, permis de travail et de conduire permettent de lutter contre l'occupant. Ces faux papiers nous sauvent la vie et nous permettent d'agir dans le dos des oppresseurs. Avec mes papiers américains, si je me fais arrêter, on m'explique que je suis mort. Je redeviens à présent Mathieu de Gerberoy. Je redeviens Français. J'en suis fier.

Je me rends à l'évidence, je me sens solidaire du réseau. Je suis galvanisé à l'idée d'être utile à ma patrie. Je comble aussi la culpabilité d'avoir quitté mon pays sur un coup de tête. Ma famille me manque tout de même, mes enfants grandissent loin de moi et je m'en veux aussi. Hélas, je ne peux me résoudre à abandonner. Je veux me battre et combattre l'occupant par tous les moyens.

Désormais, les opérations du réseau ressemblent davantage à des opérations de commandos. Des hommes au sang-froid étonnant, engagés et aguerris, semblent très organisés. Ils sont plus déterminés que jamais pour affaiblir l'armée d'occupation. Moi-même, je me sens plus fort et ma volonté est inébranlable pour réaliser des actions risquées.

SABOTAGE PONT ET VOIE FERRÉE
1943

Depuis l'attaque de l'Allemagne contre l'URSS, des consignes venant de Moscou, par messages radio, donnent l'ordre aux communistes français et résistants de désorganiser les industries militaires et les transports de troupes vers l'est. Les sabotages se multiplient, des câbles téléphoniques sont coupés. Des commandos provoquent le déraillement des trains de marchandises et s'en prennent de plus en plus aux officiers allemands en les exécutant dans la rue. Des représailles ont alors lieu et des centaines de résistants, des prisonniers, voire des civils, sont exécutés par l'armée et la police allemande.

En septembre 1943, la fin de l'été est radieuse, le ciel d'un bleu limpide. Dès le matin, je pars avec un groupe de résistants. J'en connais deux, mais les autres me sont inconnus. Je me rends compte que je n'ai jamais vraiment rencontré l'ensemble du réseau. Chaque opération se déroule différemment et les commandos ne se rassemblent jamais plus de deux fois. J'imagine alors un chef d'orchestre capable d'organiser toutes ces opérations. Il s'agit en fait d'un homme, chef de réseau, qui organise ces opérations d'une main de maître, mais je n'en sais pas plus. Les gars ne sont pas très causants et très peu connaissent l'homme à la tête du réseau. De toute évidence, il en va de notre vie. On m'a expliqué que si nous sommes arrêtés, nous ne pouvons pas vraiment trahir nos camarades puisqu'en s'engageant dans la Résistance, chacun s'est vu attribuer un nom de code. Pour le moment, je suis « le Ricain ».

Cette fois-ci, le réseau a projeté de saboter une voie ferrée et un pont pour empêcher la circulation de l'armée allemande dans des villages qui servent de base arrière aux résistants. Cette opération de bien plus grande ampleur est dangereuse, mais pourrait aboutir à la déroute de l'armée allemande dans les environs.

Nous roulons sur une vingtaine de kilomètres, en direction d'un pont à hauteur de Therdonne. Nous garons le véhicule un peu avant le pont. Trois hommes surveillent les alentours. Le jeune homme blond qui a voyagé à mes côtés, avec sa musette bourrée d'explosifs, me rapporte qu'il est électricien. Il a appris à manipuler les explosifs avec un ami artificier. Il est aussitôt appelé par l'un des hommes pour mettre en place la charge explosive.

Pendant ce temps, le reste du groupe, dont je fais partie, est en poste pour surveiller à nouveau les alentours. Je porte à l'épaule droite un fusil dont on m'a appris à me servir. Mon épaule gauche est remise et je ne ressens à présent qu'une légère gêne.

Au bout d'une quinzaine de minutes, les hommes arrivent rapidement avec l'artificier. Nous comprenons qu'il est temps de regagner le véhicule et de s'éloigner au plus vite. Je monte en voiture sur le siège arrière, pose mon fusil à mes pieds. Nous ressentons soudain un souffle violent et entendons une violente détonation. Une colonne de fumée noirâtre et grise s'élève dans le ciel. Il est temps maintenant de rejoindre notre cachette dans le village de Bonnières situé à treize kilomètres au nord-ouest de Beauvais. Aucun blessé à déplorer, nous sommes satisfaits et heureux d'avoir rempli notre mission. Nous félicitons l'artificier qui finit par m'avouer qu'il s'agit de sa première vraie volée. Le groupe se sépare en deux pour aller couper les lignes téléphoniques. Cela va ainsi ralentir les renforts de l'armée allemande.

La journée n'est pas terminée pour autant. Tard dans la soirée est prévu le sabotage d'une voie ferrée non loin de Marseille-en-Beauvaisis.

L'après-midi, nous en profitons pour peaufiner l'opération du soir. Épuisés, les hommes font un somme pour être d'attaque et passer à l'action.

Je vois bien que, ragaillardis par ce temps de repos et heureux d'être encore en vie, ou de ne pas être blessés, les hommes sont dans une sorte d'émulation. Ils ne demandent qu'à défendre leur pays, combattre l'occupant, freiner son avancée et pourquoi pas l'anéantir. Cela me fait un peu peur, je me l'avoue, je me sens aussi gagné par cette exaltation et par cette énergie qui nous font nous sentir vivants.

La nuit tombe et nous ne croisons personne sur la route qui nous conduit vers un tronçon de la voie ferrée. Même s'il fait encore relativement bon, les villageois des hameaux que l'on traverse sont rentrés chez eux en raison du couvre-feu instauré par la police.

En approche de la voie ferrée, nous cachons notre véhicule de couleur sombre dans un sous-bois. Par deux, nous nous en éloignons et nous nous retrouvons rapidement aux bords des voies.

Le jeune artificier procède à la même opération que le matin même, au niveau des piliers du pont. Ses gestes semblent sûrs même si je perçois une légère nervosité de sa part. Ses mains tremblent légèrement. Il installe une charge de plastic, la cache sous les traverses en bois de la voie ferrée, toujours près du rail métallique, et la camoufle accolée au ballast de la voie. Ensuite, il relie solidement les deux câbles et les dissimule sous les cailloux de la voie ferrée. D'un geste assuré, il entoure la suite du câble à une grosse pierre pour qu'il reste bien en place, tout en le dissimulant. Il attrape l'enrouleur de câble, je le vois relier les deux fils au détonateur. Il arme celui-ci avec la clé. Derechef, il nous somme de nous placer à bonne distance de l'explosion.

Nous attendons patiemment l'arrivée du train, installés derrière un talus. Le souffle court, nous attendons la détonation. Au même instant, le train déboule à vive allure, plus tôt que prévu, sur les voies. Au moment où la locomotive de tête traverse l'endroit où est posée la mine et la charge, l'artificier actionne le détonateur. Je n'ai pas pris le temps de me boucher les oreilles. Aucune détonation ne se fait entendre. Nous nous regardons stupéfaits. Nous sommes alors prêts à nous relever et à déguerpir. L'artificier se met à siffler et, sourire aux lèvres, nous fait signe de la main de rester recroquevillés. En effet, une nouvelle explosion se fait entendre, me déchirant cette fois les tympans. La charge pulvérise aussitôt les wagons qui suivent. La voie ferrée explose et c'est tout le train qui déraille. Nous n'avons pas été prévenus qu'il s'agit d'un train chargé de munitions allemandes. Je suis sonné par le souffle de la déflagration qui nous renverse. Mes jambes sont faibles, je n'entends plus rien. Je couvre mes oreilles à l'aide de mes mains. Mes camarades se retrouvent, eux aussi, cloués au sol.

Plus tard, l'apprenti artificier m'expliquera, que la première fois, il n'avait ressenti aucune peur, mais que cette fois-ci, la crainte de ne pas réussir l'a saisi. De peur que les explosifs ne soient pas assez secs, une seconde charge avait été prévue heureusement.

La nausée me prend et je n'arrive pas à reprendre mes esprits. Quand l'étourdissement prend fin, chacun à notre tour, nous nous relevons et constatons que l'explosion a creusé un immense cratère. Nous sommes abasourdis et comprenons que l'artificier a fait ce qu'il fallait. Lui-même a un sourire béat tout en étant surpris de l'ampleur de la catastrophe qui a suivi. Nous retrouvons le véhicule et rentrons rapidement, sans nous faire remarquer, mais non sans avoir saboté les lignes téléphoniques afin de retarder les renforts allemands.

Le lendemain, nous apprenons en effet qu'un train a été dynamité et non seulement la majeure partie des wagons comportait des munitions allemandes, mais les deux derniers contenaient deux cent cinquante kilos d'obus. Nous comprenons pourquoi la déflagration a été aussi forte.

Aux alentours, dans le village, nous déplorons des dégâts considérables. Nous avons beaucoup de mal à nous en remettre même si nous sommes satisfaits d'avoir contribué au recul de l'armée allemande dans le département. Plusieurs dizaines d'Allemands sont morts. Néanmoins, nous sommes en état de choc, car nous apprenons le décès d'une petite fille morte sous les décombres de sa maison. Je pense à mes enfants. Je ne suis pas fier et ne peux m'empêcher de penser à cette enfant qui n'avait rien demandé. Pendant plusieurs jours, je reste chez moi, abattu. Ces actes de résistance prennent davantage d'ampleur, je réalise que je risque ma vie. Le réseau m'a expliqué que les opérations à venir ont pour but de ralentir la progression de l'armée allemande, mais en même temps, je suis un homme, pas une machine de guerre. Je suis pacifiste, pas vraiment un guerrier sans états d'âme et cet évènement me touche en plein cœur, plus que je ne le pense. Je suis révolté par les conséquences de notre acte de rébellion. Il se passe plusieurs semaines avant que j'accepte à nouveau de participer à une opération. Le réseau me met en sommeil. Je me promets de ne jamais raconter ce qui s'est passé, j'ai honte.

Le mois de novembre approche. Durant les jours pendant lesquels je suis mis en retrait, j'en profite pour ranger définitivement la maison de mes parents au cas où un jour mon frère reviendrait. Je lui laisse un courrier dans le vaisselier l'informant que je suis passé. Je ne peux, hélas, lui en dire plus, à mon grand regret. Je pense souvent aussi à ma sœur. Je ne sais pas ce qui a pu provoquer sa mort à la naissance de son enfant. En tout cas, ce dernier vit quelque part avec son père et sa nouvelle femme. La voisine m'a raconté que la famille était partie vers le sud, ils se trouvent ainsi en zone libre. Je suis satisfait que cet enfant, devenu grand, j'imagine, soit en sécurité même si je me dis intérieurement que je ne ferai certainement jamais sa connaissance.

Ma décision prise sur un coup de tête de quitter la France au décès de Solange m'a coupé définitivement de ma famille. J'en ressens une infinie tristesse, mais je me dis aussi que je n'aurais pas eu la chance de rencontrer Morgan si je n'avais pas quitté la France. La vie est bien compliquée et une seule décision prise sans vraiment réfléchir peut impacter toute une existence.

Novembre a cédé sa place à décembre. Un matin, je me rends à l'épicerie pour aller chercher des victuailles, un convoi allemand traverse le village. Je ne peux m'empêcher de sursauter. Le convoi passe sa route et j'en suis soulagé. En Amérique, c'est bientôt la fête de Thanksgiving et j'aimerais bien me préparer un repas amélioré.

J'entre enfin dans l'épicerie derrière une petite file d'attente. Je salue la jeune femme qui me reconnaît à présent. Elle me dit qu'elle a un petit quelque chose pour moi. C'est du sucre. Elle poursuit :

– Comme ça, vous pourrez sucrer votre chicorée.

Je lui réponds que je n'ai pas suffisamment d'argent. Je préfère m'en passer. Elle fait la moue et range aussitôt le sucre derrière son comptoir. Je ne me sens pas vraiment à l'aise. J'en profite pour prendre des œufs avec le ticket de rationnement qu'il me reste. Elle ajoute que dès demain, il sera possible d'obtenir du lait et du pain contre des tickets. Je la salue et reprends le chemin de la maison. Je ne me sens pas à l'aise quand elle essaie de discuter avec moi. Je dois rester sur mes gardes.

Le froid arrive et je décide rapidement de rentrer en contact à nouveau avec le réseau. Je laisse un mot sous la bâche, dans l'appentis. En effet, je n'ai plus suffisamment d'argent pour me nourrir. Le réseau me fournit aussitôt quelques tickets de rationnement afin que je ne m'affaiblisse pas pour les prochaines missions. Ils ont encore besoin de moi. Je leur réponds que je me sens à nouveau prêt pour les aider. L'opération qui s'annonce va cependant me changer à tout jamais.

PARACHUTAGE D'ARMES

En 1943, les parachutages de nourriture et d'armes s'intensifient.

Milieu décembre, le réseau me contacte à l'aide d'un mot laissé dans le coin des persiennes de la cuisine. Le soir même, un homme m'informe qu'un parachutage d'armes est prévu et ils ont besoin de bras pour charger les armes qui seront larguées durant la nuit et acheminées vers un lieu encore tenu secret.

À la nuit tombée, j'enfourche ma bicyclette et prends un piège avec moi. Le réseau m'a appris qu'il faut toujours avoir un stratagème dans le cas où je serais intercepté durant une mission. Dans une telle situation, je ne dois sous aucun prétexte dévier de mon stratagème. On m'a affirmé que c'est ce qui pourrait me sauver. Pour cette mission, je suis un chasseur et je me rends la nuit pour poser un piège. Je me sens rassuré et me dis que rien de grave ne peut m'arriver. C'est seulement une opération de parachutage d'armes et je vais juste aider à les récupérer. Je ne serai pas chargé de les transporter. Je ne crains rien.

Je me dirige à environ sept kilomètres pour rejoindre une clairière qui se situe non loin du village de Morvillers. L'air frais dans mon dos me permet de rester éveillé et m'aide à pédaler.

Au détour d'un chemin, un homme sort d'un talus et m'arrête. Il me demande mon nom de code, je lui réponds « *Le Ricain* ». Il enfourche sa bicyclette qu'il a dissimulée dans le talus et me demande de le suivre.

Un peu plus loin, nous débouchons sur une clairière. Des lampes torches allumées simultanément nous signalent que nous sommes arrivés sur le lieu de rendez-vous. Nous dissimulons nos bicyclettes dans les fourrés et nous les recouvrons de branchages.

Au centre de la clairière, je ne remarque rien de particulier. Nous attendons une bonne heure, tapis derrière un talus. Soudain, survolant à basse altitude, un avion parachute, dans un faisceau de lumière, un gros paquetage. Il s'éloigne aussitôt et les faisceaux des lampes torches donnent le signal. Il est temps d'aller récupérer « le colis ».

À l'aide de pinces coupantes, quatre hommes dégagent les cordes du container cylindrique où sont rassemblés des armes, des fusils et des pistolets solidement compactés ensemble, des munitions et des explosifs. Je remarque alors que nous sommes une dizaine d'hommes. Les gars sont surpris par le contenu et le nombre faible d'armes livrées. Ils s'attendaient à un parachutage plus conséquent. Les armes ont été compactées dans des sacs en toile de jute et un peu de carton. Cela nous prend du temps, mais on m'explique qu'il faut se séparer de tout ça au plus vite.

Avant que nous arrivions, les hommes ont creusé un trou sur le côté. Ils vont y enterrer les voiles de parachute et leurs suspentes. Je les aide à les transporter jusqu'au trou. Un homme me tend une pelle et avec un deuxième gars, nous rebouchons le trou avec la terre accumulée sur les côtés. Nous répartissons sommairement du feuillage et des branchages sur la motte de terre.

Les armes sont réparties dans deux fourgons qui arrivent, ils étaient jusqu'à présent dissimulés. Je charge les armes avec deux autres hommes pendant que le reste de la troupe efface nos traces et surveille les environs. On se salue et chacun reprend sa route. Nous récupérons nos bicyclettes avec l'homme qui m'a accueilli sur le chemin. Il me fait signe qu'il faut que l'on se sépare. J'enfourche ma bicyclette et me dis que cette opération ne m'a pas mis en danger. Je suis rassuré. Je m'apprête à parcourir les quelques kilomètres qui me séparent de Gerberoy. Tout s'est bien déroulé, je suis satisfait. Il fait toujours nuit, je pédale visage au vent et je commence à fatiguer, il me reste environ cinq kilomètres à parcourir. La campagne est calme quand tout à coup, j'entends un bruit au loin.

Je n'ai pas le temps de me cacher avec ma bicyclette que j'aperçois aussitôt un fourgon. Une patrouille de soldats allemands descend du véhicule et me demande mes papiers. Je leur réponds que je ne les ai pas sur moi et c'est vrai. Je m'apprêtais à poser un piège que je leur montre à bouts de bras. Ils se mettent à rire et me font comprendre que c'est interdit. Je leur réponds que je ne le sais pas et que j'ai faim. Ils me crient dessus et me disent : « *Es ist verboten* ». Même si je ne parle pas un mot d'allemand, je comprends, c'est interdit.

Sur ce, un des soldats jette ma bicyclette dans le fossé accompagné du piège. Après avoir été fouillé et menotté, ne trouvant rien de compromettant sur moi, un soldat me pousse énergiquement à l'arrière du véhicule. J'imagine que nous roulons sur une soixantaine de kilomètres. Nous longeons un bois entouré de haies et je me demande bien ce qui m'attend. Je suis transi et je cherche à calmer ma respiration. Je les entends rire et parler en allemand. Je sais qu'ils parlent de moi. Soudain, la peur s'empare de moi.

Après un peu plus d'une heure de route, nous arrivons à l'entrée d'une ville et à la dérobée, je lis sur un panneau : « Amiens ». Je suis loin de mon village. Nous circulons à vive allure dans le dédale des rues. J'entends toujours les Allemands parler entre eux. Au loin, j'aperçois la Cathédrale. La peur me saisit et je n'arrive même pas à formuler une prière. Le véhicule ralentit et nous passons par une sorte de porte matérialisée par un porche surmonté de huit fenêtres. Sur un panneau, je distingue une indication « *Place forte d'Amiens* ». Il s'agit en fait de la Citadelle d'Amiens construite en briques et en pierres saillantes. C'est un beau bâtiment, mais je me doute qu'à l'intérieur, c'est bien différent. Les Allemands en ont fait leur quartier général.

Je suis empoigné brutalement pour descendre du fourgon et poussé vers une porte. Les soldats me remettent aux mains des autorités de la police allemande, la Wehrmacht. Après avoir emprunté un couloir, je me retrouve dans une pièce sombre qui ressemble à une cave. On me pose des questions auxquelles je réponds, mais cela ne leur convient pas. Ils cherchent à savoir la raison pour laquelle je circule sans papier et de nuit.

Lors d'opérations, il nous est conseillé de n'avoir aucun papier sur nous. C'est quitte ou double, soit nous sommes en mesure de raconter une histoire que goberont nos ravisseurs, soit nous donnons notre vraie identité en fonction du motif de notre arrestation.

Les deux hommes discutent entre eux et quittent la pièce. Je vois également les hommes qui m'ont attrapé se féliciter à grands coups de tapes dans le dos.

Deux hommes qui ne ressemblent pas à des soldats entrent alors dans la pièce et semblent prendre la relève. Sans me parler, l'un me frappe directement au visage. Par la force des coups qui me sont portés, je titube, je n'arrive pas réfléchir. La douleur me submerge. *Quelle histoire vais-je leur raconter ?* Je ne m'attendais pas à cette situation. Je pensais qu'ils allaient m'interroger, s'apercevoir qu'il existe bien un Mathieu qui vit à Gerberoy et me libérer. Je suis bien naïf. Mais non, ils continuent à me frapper à tour de rôle maintenant, j'ai mal, très mal, je tombe. Ils me laissent ainsi grelottant à moitié de froid. Ils arrêtent de me frapper pour fumer une cigarette. Je sens la fumée de leurs cigarettes qui vient chatouiller mon nez tout endolori. N'arrivant pas à me tenir debout, ils m'évacuent en me traînant par les bras et me livrent à nouveau à deux autres Allemands dans une autre cellule.

Non sans difficulté, ils me suspendent par les poignets à l'aide d'une corde attachée au plafond par un crochet. Mes pieds touchent à peine le sol. J'ai droit de nouveau à un passage à tabac en bonne et due forme. Je suis frappé à l'aide d'une matraque. Les coups pleuvent sur mes jambes et mes pieds. Je ne les sens plus. Tout le bas de mon corps est meurtri. Ma tête va exploser. Je ne sais plus où je me trouve. Ils me détachent et me laissent là, pantelant et blessé, à même le sol en pierre, dur et tellement froid. Je pressens que je suis à présent aux mains de la Gestapo, je sombre et je finis par perdre connaissance malgré moi.

Plus tard dans la matinée, je suis ramené dans la première pièce qui ressemble à une cave, une chaise est installée en son centre. Je suis attaché solidement par les poignets au dossier de la chaise. Je ne les sens plus, toutes mes articulations me font souffrir. Un soldat, il me semble qu'il s'agit d'un officier, me demande si j'ai soif, j'opine de la tête. Au moment de me tendre le verre, il renverse son contenu sur mon pantalon. Cela le fait rire. Il rapproche un peu plus près un tabouret et s'assied à quelques centimètres de mon visage, jambes et bras croisés. Son haleine sent le tabac fort. C'est l'odeur du cigare, j'en ai la nausée. Il me regarde sans rien dire. Je ne pressens rien de bon.

Il me demande, en français, mon nom, je lui donne mon identité française et continue en lui disant que je suis de Gerberoy. Il m'interroge sur le fait que je circule de nuit dans la campagne.

– Est-ce que tu œuvres dans la résistance, dis-moi !

Je lui réponds avec un non catégorique. Je lui répète mon nom et lui donne à nouveau mon adresse à Gerberoy. Il n'en a que faire, je le sens bien.

– Est-ce que tu as entendu l'avion quand tu étais à bicyclette ?

Je préfère lui répondre que j'ai bien entendu du bruit et qu'il m'a paru que c'était le bruit d'un moteur. Je poursuis en lui disant que j'ai préféré rentrer chez moi et ne pas poser mon piège. Je n'ai pas vu l'avion, juste entendu du bruit.

Il me lance :

– Tu ne sais pas qu'il y a un couvre-feu la nuit et qu'il faut circuler avec ses papiers ?

Je réponds que j'ai tellement faim que j'y suis allé tout de même, car les lièvres s'attrapent de nuit. Il sourit d'un air narquois et poursuit :

– Mathieu de Gerberoy, tu veux mourir ?

Il recule enfin son tabouret et très sérieusement, me dit que je vais être jugé par le tribunal de la police de la Wehrmacht, que je n'ai pas le droit de circuler la nuit, même pour chercher de la nourriture et de plus, sans papiers.

En fin de journée, je croise dans un couloir des camarades aperçus durant les opérations que j'ai effectuées et notamment lorsque nous avons dérobé les tickets de ravitaillement à la mairie de Grémévillers. Nous faisons mine de ne pas nous reconnaître.

Trois soldats me poussent plus loin dans le couloir et s'arrêtent pour saluer un instant d'autres soldats qui accompagnent un homme qui ne me semble pas du réseau. L'homme me dit en chuchotant qu'il s'inquiète pour sa fille de quatre ans. Je n'ose lui répondre, mais je le regarde avec un sourire compatissant.

Je suis appelé et poussé dans une pièce avec deux grandes fenêtres. La pièce est toute en longueur et lumineuse. Je remarque trois hommes autour d'une table rectangulaire. On m'ordonne de m'asseoir en face d'eux sur un tabouret. L'homme situé au centre commence par la lecture de l'acte d'accusation et poursuit avec l'interrogatoire. C'est monotone, il s'agit des mêmes questions qui m'ont déjà été posées. Je donne les mêmes réponses que j'ai faites précédemment à l'officier. Cela semble leur convenir. Ils constatent que je ne représente pas une menace pour eux. Je me suis fait passer pour un pauvre gars qui est allé chasser pendant la nuit parce qu'il avait vraiment trop faim. Pour me donner du courage, j'imagine que je joue mon rôle à la perfection. Je ne ressens plus la faim même si je n'ai pas mangé depuis hier soir avant mon départ en opération.

À la lecture du verdict, j'apprends que je vais rester enfermé deux mois à la Citadelle. Je suis condamné à nettoyer les salles d'interrogatoire et à vider les seaux d'excréments. J'ai de nouveau la nausée et j'ai peur d'être à nouveau frappé. *Comment vais-je tenir si je suis passé à tabac tous les jours ?* Je suis atterré. Je n'ai pas le temps de m'appesantir sur mon sort que je suis ramené, sans ménagement, vers une cellule que je ne connais pas. J'entends au loin des coups de fusil.

Le soldat qui me pousse dans la cellule éclate de rire. La pièce est sale et recouverte d'immondices. Des gars ont eu moins de chance que moi. Je pressens qu'ils ont été fusillés.

En arrivant devant la Citadelle, j'ai pu entrevoir des fossés qui longent tout l'édifice. Je suis maintenant certain que les fossés servent de lieux d'exécution. Un sentiment de peur me reprend. Je tremble et j'ai froid. Dans la cellule, une paillasse et un seau, c'est tout. La cellule est exiguë. Je me couche avec la peur d'être aussi promis au poteau d'exécution dans les jours qui suivent.

Au petit matin, j'entends des coups portés contre la porte de ma cellule, je sursaute. Une trappe s'ouvre dans le bas de la porte et une assiette glisse jusqu'à ma paillasse. Un soldat me crie plusieurs fois en allemand :

– *Iss !*

Je comprends à la vue du contenu de l'assiette qu'il me dit de manger. La trappe se referme avec violence par le soldat qui en a profité pour la fermer du pied. J'en tressaute. Je m'approche de l'assiette et son contenu ne m'inspire pas confiance, mais j'ai faim à présent. Je dois me nourrir pour préserver mes forces. Vers seize heures, la porte de ma cellule s'ouvre sur deux soldats qui viennent me chercher. Je suis interrogé à nouveau, je répète le même discours. On m'attache les bras dans le dos à l'aide d'une corde. Je ne pressens rien de bon. Dans la pièce, il y a une petite baignoire sabot remplie d'eau. Je me dis qu'elle a été placée là pour une raison. Je ne vais pas tarder à le savoir. Les deux soldats me forcent à me pencher au ras de l'eau. Ils me demandent à présent si j'ai des complices. Je suis abasourdi. Je leur ressers le même scénario, mais rien n'y fait. Ils me plongent le haut du corps dans l'eau froide. Je pense pouvoir respirer, je tente de retenir ce qu'il me reste de respiration. Ils me relèvent. Je suffoque. À nouveau, ils posent la même question. Je recommence mon histoire sans avoir le temps de la finir. Le haut de mon corps est replongé dans l'eau. J'ouvre les yeux, rien que de l'eau et le fond de la baignoire qui n'est pas de toute fraîcheur. Je recommence à suffoquer, mon corps s'agite même s'ils me maintiennent fortement. J'ai l'impression que plusieurs minutes s'écoulent. Je choisis de ne plus me défendre et de me concentrer sur le peu d'air qu'il me reste pour bloquer ma respiration. Je ressens, il me semble, les premiers effets de la noyade. Au même moment, ils décident de me sortir de l'eau. Je suffoque et peine à retrouver ma respiration. Ils m'assoient sans ménagement à même le sol pour prendre le temps de fumer une cigarette. À mon air défait, ils se mettent à rire et j'entends : « *Sie sind kräftig, diese Franzosen*[1] ! » Je ne cesse de répéter cette phrase dans ma tête. Je veux savoir ce qu'ils se sont dit. Je suis ramené sans un mot à ma cellule. Je n'en mène pas large. Je suis trempé, j'ai froid et j'ai vraiment peur de mourir. Je suis persuadé de ne pas survivre si j'ai à nouveau droit à cet interrogatoire.

---

[1] Ils sont costauds ces Français !

Le lendemain, vers dix heures, deux soldats que je ne reconnais pas viennent me chercher. Je ne retourne pas dans la pièce où se trouve la baignoire et j'en suis soulagé. *Que me réserve-t-on à présent ?* Cette fois-ci, l'interrogatoire se fait sans coups. J'imagine qu'ils m'interrogent plutôt pour passer le temps et pour que je reste toujours en alerte. On m'amène au fond d'un couloir, je suis pieds nus et j'entends le bruit de mes pas sourds sur la pierre froide.

Je me retrouve dans une pièce toute carrelée. On me met face à un mur et soudain, je reçois un jet d'eau glacé dans le dos. Sidéré, je me retourne et le soldat me dit en riant qu'il faut me laver. Il mime alors les gestes et je suis bien obligé de l'imiter. De nouveau, il lance le jet sur moi, mon corps est transi. *Comment me laver alors que je suis encore tout habillé ?* Cela ressemble davantage à une torture psychologique, car je ne pourrai bien entendu pas me sécher. Ma tête le fait rire. Je croyais être sorti d'affaire, il n'en est rien.

Glacé, je suis ramené tout dégoulinant d'eau jusqu'à ma cellule. La porte se referme sur moi et je me couche en chien de fusil, je suis pétrifié. La plante de mes pieds tuméfiée me fait atrocement souffrir. Pour me réchauffer, je souffle dans mes mains glacées. Mais j'ai toujours aussi froid. Je n'ai pas assez de force pour me lever et marcher. J'entends par la porte de ma cellule les rires des soldats. Je préfère m'assoupir et oublier. *Ne pas penser, faire comme si ce n'était pas arrivé. Facile à dire !* J'ai fini par m'endormir. Lorsque j'ouvre les yeux, je me rappelle d'avoir rêvé de Morgan. Elle était au-dessus de moi, elle me souriait et ses longs cheveux caressaient mon visage. Elle passait doucement et tendrement ses mains dans mon dos. Ses caresses enveloppantes me donnaient la sensation d'être moins seul dans cet enfer et de me réchauffer. Elle s'allongeait ensuite de tout son long contre moi et cela me réconfortait et me redonnait de la force.

M'assoupissant à nouveau, je crois encore la voir assise près de moi. La douleur est encore vive. La voir me rassure. Elle me sourit et j'ai vraiment l'impression qu'elle se tient à mes côtés. Elle se rapproche de mon visage tuméfié et je sens sa chaleur. Elle dépose un baiser sur mon front glacé qui agit comme un baume qui se répand dans tout mon corps et sur mes blessures. Je voudrais qu'elle reste avec moi, je la supplie de rester :

– Morgan, ne me quitte pas, reste encore auprès de moi.

Elle me regarde, me sourit tendrement.

Je la supplie encore :

– Ne me quitte pas, prends-moi dans tes bras, je t'en supplie, donne-moi ton courage, je n'ai plus de force, ne me quitte pas, je t'aime mon amour !

Soudain, j'entends cogner violemment sur la porte de ma cellule. Je perçois aussi des rires et des moqueries. J'émerge enfin. Mes paroles sont véritablement sorties de ma bouche. À présent, je ne distingue plus Morgan. Elle est partie. Je me sens seul, très seul.

Le froid de la cellule envahit mon corps grelottant. Je me surprends à verser quelques larmes en silence. Je n'en peux plus. J'entends les soldats non loin de moi essayer de prononcer le prénom de mon amour. C'est insupportable et cela me répugne !

À mon réveil, mes blessures me font toujours autant souffrir, mais je n'ai plus aussi froid. C'est comme si Morgan m'avait insufflé du courage, de la chaleur et tout son amour. Je ne sens plus ni mes jambes ni mes pieds en sang, mais ils ne sont que douleurs à vif. Quand j'essaie avec difficulté de remonter le bas de mon pantalon, ce que j'entrevois me fait peur. Mes blessures aux jambes ne sont que couleurs variant du bleu au jaune en passant par le noir, mon sang a caillé sous la peau et celle-ci s'est même fendue par endroits, deux énormes plaies suppurent. Je pense très fort à mes parents, surtout à ma mère et à sa tendresse. J'ai tellement mal, j'aimerais qu'elle me prenne dans ses bras et qu'elle me berce comme lorsque j'étais petit. Je m'entends murmurer :

– Maman, au secours !

L'ai-je murmuré ou seulement pensé très fort ? Les soldats ont déserté le couloir et j'en suis soulagé.

À présent, ma cellule est plongée dans le noir. Je me demande si je vais pouvoir me rendormir. Je n'ai plus vraiment sommeil, mais j'aimerais tellement revoir Morgan dans mes rêves. J'entends des bruits de pas, la trappe s'ouvre. Une gamelle est à nouveau projetée jusqu'à ma paillasse. Cette fois-ci, la gamelle a été projetée avec plus de force et la moitié de son contenu se retrouve au sol. J'attrape cependant la gamelle et mange avec les doigts ce qu'il en reste. La faim me taraude, je me résous à manger les croûtons de pain dégoulinants qui jonchent le sol. Je suis dégoûté, mais je n'ai pas le choix si je veux conserver des forces qui commencent malgré tout à me manquer. Je m'allonge. J'entends mon estomac gronder et je m'assoupis en entendant le bruit des mouches attirées par les restes de mon repas gisant au sol. Je m'endors d'un sommeil profond et lourd, sans bouger. À mon réveil, j'ai moins mal, mais je me sens encore sans forces. Elles me quittent doucement, je le sens et cela m'effraie davantage.

Les jours défilent entre les interrogatoires sans violence, les douches glacées et les gamelles projetées de la trappe de ma cellule. Je fais avec, car certains soirs, elles ne sont même pas servies. À une heure avancée, souvent, j'entends rire mes geôliers. Ils boivent beaucoup trop d'alcool, ce qui les aide à tenir. Ils ne sont plus vraiment humains quand ils se mettent à hurler, à se battre aussi. J'avoue que je crains pour ma vie. Je ressens une douleur sourde, lente et persistante qui envahit alors tout mon être. Je suis terrifié.

Ces soirs-là, j'entends des hurlements, des gémissements aussi. Je me demande ce qu'ils font aux prisonniers comme moi. Je suis surpris de ne pas être harcelé par eux quand ils ont bu sans retenue. Comme ma cellule est éloignée au fond du couloir, ils oublient ma présence. Il m'arrive tout de même de prier pour qu'ils m'ignorent les soirs de beuverie et pendant lesquels ils perdent pied avec la réalité.

Le reste du temps, je ne me plains pas. J'endure en silence leurs provocations. Ils ont aussi arrêté leurs interrogatoires, ils s'en sont lassés, car ils n'ont rien de concret contre moi. Je suis juste condamné à une peine de prison et je vais devoir m'en acquitter en nettoyant les pièces d'interrogatoires ainsi que les cellules des prisonniers une fois vidées de leurs occupants.

Un soir, pour moi le dernier, j'entends de ma cellule un homme hurler à la mort. *Mais que lui font-ils ?* Au bout d'un moment, j'entends des portes claquer violemment. J'ai l'impression qu'on traîne quelque chose au sol, un corps ? Quand tout revient au calme, j'entends un homme pleurer, un camarade ? Il répète inlassablement comme une litanie.

– Ils lui ont arraché les ongles un à un les salauds !

Je reste assis et complètement figé sur ma paillasse. L'homme dans la cellule crie à nouveau :

– Ils vont l'exécuter les salauds !

Il se met à pleurer et de mon côté, j'en ai les larmes aux yeux, le cœur serré et l'estomac retourné. *Pourquoi les hommes font preuve d'autant de cruauté ?* Mon cerveau me commande d'oublier tout ce que j'ai entendu et imaginé. Je vais devenir fou si je reste encore ici longtemps emprisonné.

Aux premières lueurs du jour, la porte de ma cellule s'ouvre avec fracas et un soldat me crie, à ma grande surprise et à plusieurs reprises en me pointant du doigt :

– Frei, Frei !

Je suis libre.

Je suis sorti violemment de ma cellule. Non sans un regard vers ma paillasse et les bâtonnets que j'ai dessinés sur le mur pour chaque jour de ma détention. Quarante petits bâtonnets. Je ne suis pas allé au bout de ma peine. J'en suis soulagé. *Mais où m'emmène-t-il ? Suis-je vraiment libre ? Est-ce un subterfuge ? Ai-je bien compris ?*

Tête basse, je suis escorté par un soldat dans une pièce aux murs blancs et nus, composée uniquement d'un grand bureau et d'une chaise. Dans le coin de la fenêtre, je reconnais l'officier qui d'un air hautain parle le français. Il se retourne et me dit en me vouvoyant cette fois :
– Mathieu de Gerberoy, vous êtes libre. Attention de ne pas sortir à la nuit tombée. La prochaine fois, sinon vous serez fusillé, vous voulez mourir ?

J'ai la sensation qu'il a répété son texte. Je me dis qu'il ne parle pas si bien le français, comme il avait voulu le prétendre lors de mon interrogatoire. Il rajoute pour bien se faire comprendre :
– Achtung !
Je comprends qu'il me dit de faire attention désormais.
Le soldat qui m'a escorté jusqu'au bureau de l'officier me tend mes godillots que j'enfile prestement malgré la douleur.

J'opine de la tête et le soldat resté derrière moi m'oriente vers la sortie. Nous prenons un escalier en colimaçon, quelques couloirs et des portes. Au loin, j'entrevois un grand porche, le même il me semble que j'ai traversé en arrivant. Après avoir ouvert la lourde porte, le soldat me pousse vers la sortie et referme aussitôt la porte. Je me retrouve alors face à la route, un peu perdu, je l'avoue. La lumière du jour m'éblouit. Instinctivement, je me retourne vers mon lieu de détention. D'une fenêtre, la pièce avec le bureau et la chaise, j'aperçois l'officier qui m'observe, qui se détourne de la fenêtre avec un regard méprisant. J'espère ne jamais revenir ici.

J'apprendrai plus tard qu'une trentaine de personnes, dont de très jeunes hommes, ont été fusillés entre 1940 et 1944 dans les fossés de la Citadelle. Hélas, je n'oublierai jamais les cris des prisonniers que j'ai entendus lors de ma détention. Cela me hantera jusqu'à la fin de mes jours.

Le temps est gris et je n'ai pas chaud. Je reprends la route à pied. Je ne sais pas où je me trouve. La rue que je prends m'amène devant la devanture d'un bistrot. Je rentre et le cafetier me salue. Je lui demande une chicorée et de quoi me restaurer. Il m'apporte une boisson fumante et quelques tartines de pain de seigle. Je lui dis que je n'ai pas de quoi payer. Il me sourit en me faisant signe de manger. J'engouffre les tartines, j'ai tellement faim.

J'avais oublié le goût du pain même s'il se révèle moins bon en temps de guerre. Je bois ma chicorée qui m'apporte réconfort et chaleur. Le cafetier, qui s'était éloigné pendant que je mangeais, s'approche de moi. Il me demande d'où je viens. Je ne sais que lui répondre. Il devine à ma mine et à ma dégaine que j'ai été emprisonné à la Citadelle :

– Mon garçon, tu es un sacré veinard, car on n'en ressort pas en général.

Je lui demande à combien de kilomètres se trouve Amiens de Gerberoy. Il réfléchit et me répond que Gerberoy se trouve à environ soixante-dix kilomètres.

Je me rappelle avoir roulé durant une heure environ quand j'ai été appréhendé par les soldats. Les bras m'en tombent. *Comment vais-je rentrer ? Comment faire confiance au cafetier ? Je ne peux joindre le réseau, c'est formellement interdit.* Le cafetier me regarde et me dit :

– Tu as l'air d'être un bon gars de chez nous. Si tu veux, je connais quelqu'un qui peut te rapprocher de Gerberoy. Il rentre sur Songeons, il te restera moins de deux kilomètres à faire à pied, si ça te dit.

J'accepte sa proposition et je le remercie. Il me propose de m'allonger sur la banquette au fond du café pour me reposer, car j'ai une mine à faire peur, je le sais. Il me demande de l'attendre, il n'en a pas pour longtemps. Je m'allonge et profite du confort rudimentaire de la banquette. Je ferme les yeux, mais sans m'assoupir, on ne sait jamais. Je reste sur mes gardes. Le réseau m'a prévenu que des habitants n'hésitaient pas à aider l'occupant pour obtenir des faveurs. Je me rassure, je n'ai rien dit. Il ne m'a rien demandé non plus. Je reste pourtant sur mes gardes.

Au bout d'un moment, le cafetier revient accompagné d'un jeune homme. Il doit avoir une trentaine d'années. Il n'est pas grand de taille, mais costaud. Il porte une casquette qui masque son regard. Quand le cafetier le présente, j'aperçois son regard, un regard franc et compatissant. Le cafetier me prévient que le jeune homme va me déposer à Songeons en voiture. Ce dernier me sourit, me tend la main pour me saluer et se présente :
– Moi c'est Claude, tu n'as rien à craindre.

Il semble fiable, je deviens confiant. Je remercie le cafetier pour son aide. Nous sortons du bistrot et nous nous dirigeons vers l'arrière de la bâtisse. Claude me montre la voiture, je m'assieds à côté de lui, il démarre et nous sortons de la ville d'Amiens. Il me paraît un peu plus âgé maintenant. Il ne parle pas, je pense que chacun est sur ses gardes. Au bout d'une bonne demi-heure, il me dit que nous sommes bientôt arrivés. Je lui raconte que j'ai été appréhendé par des soldats allemands et que l'endroit que nous traversons me rappelle quelque chose.

Après avoir pris à droite au carrefour, je reconnais le fossé où les soldats ont jeté ma bicyclette et mon piège. Claude arrête le moteur, je descends et me dirige vers le fossé. Soulagé, j'y retrouve la bicyclette dont le cadre est déformé ainsi que le piège.

Je reviens vers la voiture. Claude allume une cigarette et m'en propose une en me souriant. Je refuse, cela me rappelle trop mon interrogatoire avec les deux soldats qui fumaient. C'est une odeur qui ne me quittera pas. Il m'ouvre le coffre et j'y dépose la bicyclette et le piège, satisfait et soulagé de les avoir retrouvés même si la bicyclette est bien endommagée.

Nous reprenons la route et j'explique à Claude comment je me suis fait appréhender. Il m'écoute attentivement et m'enjoint d'être prudent à l'avenir. Je suis bien d'accord avec lui. Nous arrivons sur Songeons. Il me dépose sur le bord de la route, il ne peut atteindre Gerberoy, les accès sont à présent contrôlés. Il me conseille de passer par les bois :

– Ça va te rallonger, mais c'est plus sûr.

Je le remercie et lui demande si je lui dois quelque chose. Il me répond :

– Je ne fais pas ça pour de l'argent, moi, je ne demande rien. Comme ça, je fais coup double, je suis en guerre avec les Allemands et en paix avec moi-même.

Je souris et referme la portière. J'attends de voir s'éloigner la voiture. Je décide de cacher le piège dans le fossé en le recouvrant d'herbes et de petits branchages.

La bicyclette sur le bras, je contourne la route et m'engouffre dans le bois. Je me fraie un chemin entre les ronces, les fougères et les branchages. Ce n'est pas facile. Les bois ne sont plus entretenus et la végétation a repris ses aises. Je fais une halte. La bicyclette me pèse à bout de bras. Mes jambes me portent à peine, sans parler de mes pieds toujours ensanglantés dans mes godillots. Je n'en peux plus. Je décide de la laisser, elle aussi, cachée recouverte de branchages. Je viendrai la rechercher plus tard. J'essaie à présent de marcher d'un bon pas même si chacun de mes pas m'arrache un gémissement.

Je sors du bois en empruntant le raccourci et en remontant le chemin des Remparts qui ceinture le village sur l'emplacement des anciens fossés médiévaux. Je longe la ferme et j'arrive à hauteur des jardins de mon ami le peintre. En levant légèrement la tête, j'aperçois le Temple de l'Amour et je me souviens des baisers échangés avec Solange. Je fais une légère halte pour reprendre mon souffle. Je longe la Collégiale, passe la Tour Porte et le bistrot du village. La maison du peintre semble toujours fermée.

Je continue la traversée du village en descendant près de la porte Saint-Jean où se trouve la maison de mes parents, celle où j'ai passé toute mon enfance. Je déterre la clé que j'avais cachée sous une pierre, au pied du rosier, c'est ce que je fais à chaque fois que je pars en opération :

– Si tu es pris et si tu connais bien ton texte, tu n'es rattaché à rien et c'est plus sûr ainsi ! m'a conseillé un gars du réseau.

J'ouvre la porte. Je me déchausse, mes pieds sont vraiment dans un sale état. Je me couche aussitôt sur le lit de mes parents. Je n'en peux plus, je n'ai pas faim et je n'ai pas envie de me changer. Je suis trop fatigué pour ça. Je m'endors aussitôt.

Les jours qui suivent, je reste terré chez moi. La peur ne me quitte pas. Chaque nuit, les cauchemars me réveillent. Je me mets à crier et à sangloter jusqu'au petit matin. L'indicible m'a heurté de plein fouet. Je mets un moment à me rétablir. À partir du moment où je me sens mieux, je retourne au bistrot. Je doute que les Allemands viennent me chercher même si durant mes nombreux interrogatoires, j'ai été obligé de leur communiquer mon adresse à Gerberoy.

Au bistrot, je me sens comme chez moi. J'ai le pressentiment que le cafetier est engagé comme moi dans la résistance. Il me sourit et me dit qu'il est content de me revoir. Je me souviens que le lieu est le point de rendez-vous pour engager de nouvelles recrues. Il ne me demande pas où j'étais, cela m'étonne. Il m'amène le double de tartines et une grande tasse de chicorée. À ma mine, il doit penser que j'en ai besoin. Plus tard, quand il vient reprendre mon assiette et ma tasse, il me demande si cela me plairait de revoir l'homme que j'avais rencontré la première fois. J'hésite. Il me dit de lui faire confiance et je n'ai pas vraiment le choix. J'opine de la tête. Il est encore tôt, le bistrot est encore désert. Il est satisfait et me demande d'attendre, il ne va pas tarder.

Effectivement, je vois arriver l'homme que j'avais accosté dans la rue après avoir compris qu'il recrutait pour la Résistance. Il me salue et me fait signe discrètement de le suivre dans une pièce attenante à la pièce principale. Le cafetier m'encourage de la tête et me sourit. Nous entrons dans une petite pièce. L'homme referme la porte et nous nous asseyons.

Les mains croisées, il commence par une phrase qui me met mal à l'aise.
– Moi, c'est Alfred. Nous avons à parler tous les deux, tu t'en doutes. Avec ce qu'il t'est arrivé, nous allons te mettre en pause pour le moment. On va voir aussi si tu n'es pas surveillé et si tu n'as pas passé un accord avec les Allemands lors de ton séjour à la Citadelle. Tu sais la torture, ça change un homme, on le sait aussi. Il arrive que certains préfèrent se suicider en prison pour ne pas parler. Tu comprends, on ne peut avoir confiance en personne. Avant tout, tu dois recouvrer des forces.
– Je n'ai pas parlé. Je m'en suis tenu à la version du chasseur avec son piège. Je te l'assure. En effet, j'ai besoin de retrouver des forces.
– Je veux bien te croire le Ricain. En tout cas, tu es sain et sauf. Je te félicite pour ton courage et ta bravoure. Tu n'as pas flanché. Le réseau a été prévenu rapidement de ta détention à la Citadelle.

– Le réseau en était informé ?

– Les murs ont des oreilles partout, camarade. Le réseau n'était pas, hélas, en capacité d'attaquer la Citadelle pour te délivrer ainsi que les autres gars du réseau emprisonnés en même temps que toi.

– J'ai l'impression qu'ils n'ont pas eu ma chance.

– Non, je te le confirme. C'est regrettable. Nous sommes préparés à l'éventualité de ne pas s'en sortir. Autre chose, le cafetier, c'est Lucien. C'est un gars du réseau. Tu peux lui faire confiance. Il est très discret même s'il ne participe pas directement aux opérations.

Il approche sa chaise de la table et nos fronts pourraient quasiment se toucher.

– Parlons de toi à présent, tu souhaites toujours poursuivre ton engagement avec le réseau ?

Je me redresse, la promiscuité de son regard me gêne tout à coup. Mais je lui réponds sûr de moi.

– Oui, je le veux toujours, bien entendu, sur des opérations moins dangereuses. Je peux distribuer des tracts et participer à de petites opérations de sabotage. Je veux avant tout me rendre utile.

– On va voir ça. Pour l'instant, il te faut du repos.

– Je suis bien d'accord. Sinon pour la bicyclette, je pense qu'elle n'est plus en état de fonctionner. Je l'ai cachée avec le piège dans un fossé, sous des branchages, un peu avant la sortie de Songeons.

D'un ton rassurant, il répond :

– Ne t'inquiète pas, on se charge de récupérer le tout. La bicyclette sera réparée, car tu risques d'en avoir à nouveau besoin pour circuler. Le piège, s'il est encore en état, sera déposé dans l'appentis de la maison de tes parents, sous la bâche. Et si nous ne le retrouvons pas, nous t'en fournirons un autre. Ça te va ?

J'approuve de la tête. Il sourit en réajustant les pans de sa veste.

– Le coup du piège, c'était une excellente idée. Elle t'a certainement sauvé la vie, tu sais. Les Allemands ont été informés d'un parachutage sans en connaître l'endroit exact. C'est pour cette raison qu'ils patrouillaient à proximité. Ils ont bien entendu les bruits du moteur, mais ils étaient encore loin du point de largage. Ils n'ont trouvé personne et s'en retournaient quand ils t'ont intercepté. Vu ce que tu leur as dit, ils ne se sont pas méfiés. Ils t'ont embarqué parce que tu n'avais rien à faire là, de nuit et sans tes papiers.

Il poursuit sur sa lancée :

– Avec ton piège, ils t'ont cru et, tu sais, tu es un héros pour nous. Tu as permis de sauver les gars qui faisaient partie de l'opération, mais qui sont repartis aussitôt en sens inverse. Le réseau te félicite et t'en remercie.

Je suis fier de les avoir aidés. Il ajoute :

– Le réseau te contactera sous peu. Prends ton temps pour te retaper, car tu fais peur à voir mon garçon !

Je le crois.

– Surtout, reste discret. Ne t'inquiète pas du jeune homme qui t'a ramené d'Amiens. C'est un gars en qui on a confiance. Il n'est pas du réseau, mais il apporte, lui aussi, régulièrement son soutien en véhiculant notamment les gars emprisonnés à la Citadelle. Enfin, ceux qui ont la chance d'en sortir.

En mon for intérieur, je suis content d'avoir fait confiance à Claude.

Alfred poursuit :

– Le réseau va te fournir en vivres de façon que tu ne te compromettes pas. On ne sait toujours pas si l'on peut faire confiance aux épiciers du village. Ne fais surtout pas de troc avec eux. Nous avons connaissance qu'ils font du marché noir, mais nous n'avons rien de plus sur eux. Dorénavant, il est plus prudent que le réseau te dépose, durant la nuit, de quoi manger. Ton courage et ta bravoure doivent être récompensés.

– Merci. Je n'ai plus d'argent et les tiroirs du vaisselier sont vides.

– Ne t'inquiète surtout pas. Si tu as besoin de quoi que ce soit, tu laisses un mot sous la bâche, dans l'appentis que tu laisseras ouvert. Reste tranquille. Le réseau fera appel à toi lorsque tu auras repris suffisamment de forces.

À nouveau, il me rappelle de rester discret et très prudent.

– Tu sais, un médecin de confession juive, qui habite le village de Crillon, a été appréhendé jeudi dernier avec sa femme et ses deux jeunes enfants par la police de la Wehrmacht. Le réseau n'a aucune nouvelle d'eux depuis. Nous pensons qu'ils ont été déportés après leur détention au Château de Troissereux où séjourne actuellement la Kommandantur. On les cherche.

Sur ces mots, nous nous quittons avec une accolade. Il quitte la pièce en premier.

J'attends un peu et je me retrouve dans la pièce principale avec le cafetier qui me sourit à nouveau. Je sens de la complicité dans son regard.

Il s'approche et me demande :

– Est-ce que tu as besoin de quelque chose avant de partir ?

– Non, je te remercie. Ça va aller.

– Attends donc avant de partir.

Il passe alors derrière son comptoir et me tend une miche de pain un peu dure, roulée dans un torchon.

– Tiens, ça c'est pour toi. Tu mérites ! Ça te fera patienter en attendant que tu puisses manger un peu mieux.

Je le quitte reconnaissant et en le saluant :

– Merci, Lucien, merci beaucoup. À plus tard.

– C'est normal mon gars. Tu es courageux et moi, ça me fait plaisir de t'aider. Reviens quand tu veux.

Ma miche de pain sous le bras, je regagne la maison sans me faire remarquer.

À l'avenir, je pense que ce sera difficile pour moi de m'engager à nouveau dans des opérations spectaculaires. La peur m'a gagné. Ma femme et mes enfants me manquent douloureusement. J'envisage désormais une fin à cette guerre lancinante et j'éprouve une envie viscérale de revoir ma famille.

CONVALESCENCE

Les organisations de la Résistance unissent leurs efforts et la lutte se poursuit. J'entends parler d'un futur Débarquement en Normandie par les gars du réseau qui ont une radio clandestine. Cependant, tout reste incertain, car sur les ondes, des messages d'information et de désinformation se croisent régulièrement. L'idée d'un Débarquement contribue à décupler les actions et les effectifs.

Les différents réseaux de la région s'emploient à ralentir l'avancée des renforts allemands vers la Normandie. Le réseau dont je fais partie multiplie le sabotage des voies ferrées, routes et lignes téléphoniques.
Des recrues plus aguerries, des commandos de plusieurs hommes vont même jusqu'à attaquer des convois ou encore des soldats allemands en leur faisant subir des attaques foudroyantes, par surprise sous la forme d'escarmouches et d'accrochages, et disparaitre tout aussi rapidement. Ces opérations très spectaculaires sont minutieusement préparées avec les renseignements obtenus par des informateurs chargés du repérage, de la filature ou encore de la surveillance. Pour ma part, remis sur pieds et informé de ces opérations, je continue de rester en retrait suite à mon arrestation. Le réseau approuve ma décision.
Durant mon rétablissement, on me forme au maniement des armes de poing, on ne sait jamais, ça peut servir. Cependant, je ne peux m'imaginer tuer un homme, quel qu'il soit.

Le réseau paraît comprendre ma décision et m'emploie désormais à soutenir les équipes lors d'opérations telles que le sabotage de câbles téléphoniques, le transport de messages, la distribution de journaux clandestins, de tracts et de vivres. Nous nous amusons aussi à fabriquer de faux panneaux de direction pour induire les Allemands dans l'erreur. Nous inversons les panneaux de direction des villes et des villages réinstallés en écriture gothique par les Allemands. Ceux-ci se mettent alors à tourner en rond. J'avoue que cela m'a bien diverti durant cette période sombre. Depuis la fin de l'année 1943, plusieurs secteurs du réseau s'organisent militairement, au début par groupes de cinq hommes appelés « mains » et, par la suite, avec des effectifs plus conséquents. Ils réalisent des convoyages d'armes et constituent, à Amiens, des dépôts tenus secrets. Ils établissent des liaisons fréquentes avec l'Angleterre. À présent, le réseau souhaite me voir rejoindre les patrouilles afin d'effectuer des repérages, de passer discrètement des messages et de débusquer des Allemands en déroute.

LES PATROUILLES
1944

Au début de l'année 1944, je rejoins ainsi les patrouilles qui sont chargées de repérer les campements de soldats allemands. Armés, souvent par groupe de deux pour être moins repérables, nous parcourons discrètement la campagne à la recherche de traces allemandes. Nous marchons beaucoup et parcourons souvent une trentaine de kilomètres par jour. Souvent éloignés du village, nous campons sommairement et passons la nuit à la belle étoile. Dans la journée, nous nous arrêtons pour casser la croûte et nous reposer. En général, nous rentrons pour transmettre les informations que nous avons glanées en patrouillant.

Un matin de mai, nous apprenons que le Débarquement a eu lieu en Normandie. Le réseau me prévient que je suis chargé, pendant deux jours, de prendre mon tour de ronde avec un gars du réseau afin de débusquer les Allemands en déroute. C'est avec Fufu, un solide gaillard que nous entamons une marche de plusieurs dizaines de kilomètres. Nous contournons le village pour rejoindre les villages de Marseille-en-Beauvaisis et de Crèvecœur-le-Grand, situés respectivement à environ dix kilomètres et trente kilomètres.

Nous marchons deux bonnes heures en effectuant des pauses pour atteindre Marseille-en-Beauvaisis. Nous parcourons les bois des Terres blanches. Fufu me raconte alors qu'il s'agit d'un ancien bourg fortifié.

Je contemple avec lui la flèche de la toiture de l'église Saint-Martin que l'on aperçoit à travers le feuillage et en contrebas, le village. Il poursuit :

– Le village a été bombardé à plusieurs reprises, en juin 1940. Tu vois au loin la Chapelle des Saintes Hosties ? Elle a perdu ses vitraux et sa toiture. C'est malheureux !

En effet, je ne la distingue pas vraiment.

– À l'intérieur se trouve un magnifique gisant du Christ. C'est dommage, nous ne pouvons pas aller le voir. Gamin, j'aimais me rendre dans cette chapelle.

– Moi aussi, j'aimais bien gamin me rendre à la Collégiale de mon village.

Ça me rend nostalgique !

Nous évoluons en campagne, à travers les bois et les champs, tout en traversant très discrètement les villages que nous atteignons. Nous longeons la forêt de Malmifait. Les champs déroulent un beau tapis rouge, ce sont les coquelicots qui se marient avec le bleu du ciel et forment ainsi un tableau magnifique dont je ne me lasse pas. Munis d'une carte, nous continuons de marcher.

Nous faisons une halte bien méritée. Mes pieds commencent à me faire souffrir, mais nous n'avons pas le temps de nous appesantir sur nos petites douleurs. Il est temps de reprendre la route. Nous nous dirigeons en direction de Crèvecœur-le-Grand.

Quand nous atteignons le village, mon compagnon de route me raconte que le centre-ville a été endommagé par une bombe incendiaire en juin 1940. Il reste encore heureusement quelques maisons à colombages rassemblées autour de l'imposante église Saint-Nicolas construite en pierres et en briques.

Sans nous faire remarquer, nous longeons l'édifice et Fufu me raconte que le clocher a été déplacé par le propriétaire du château il y a très longtemps. Je suis surpris de découvrir le clocher situé sur le côté de l'édifice. Nous longeons l'hospice-hôpital et le château en briques rouges pour rejoindre une rue adjacente afin d'obtenir, par un gars du bourg, des renseignements sur les déplacements des Allemands dans les environs. Le château est magnifique, mon regard s'y attarde un instant.

En début de soirée avant que la nuit ne tombe vraiment, nous décidons de trouver un endroit pour camper. Nous nous restaurons d'un repas frugal et nous tirons à pile ou face pour savoir qui surveillera notre campement pendant que l'autre se reposera. Je propose de veiller en premier. Fufu s'enroule alors dans son duvet et s'endort rapidement. Je bois une tasse de chicorée. Je surveille les bruits aux alentours, calé dans l'herbe, mon pistolet près de moi. Je ne dois pas m'endormir.

Vers deux heures du matin, je réveille mon compagnon de route en le secouant un peu. Ce dernier a du mal à émerger, mais comprend qu'il doit me relever de ma garde. Je lui tends une chopine de chicorée froide et il fait la grimace. Je crois qu'il est réellement réveillé à présent. Je souris, attrape mon duvet, me déchausse, j'ai mal aux pieds. Je devrais enlever mes chaussettes pour les faire sécher, mais je suis trop fatigué. Je m'enroule en me couvrant la tête. La chicorée que j'ai bue m'empêche de dormir, mais je finis par m'assoupir.

Au petit matin, Fufu me réveille, j'ouvre les yeux. Il me tend une chopine de chicorée que je refuse :

– Tiens mon gars, ça va te réveiller.

Il est ravi de la boire à ma place. Cette boisson refroidie a trop mauvais goût pour moi. Je roule mon duvet et chausse mes godillots. Mes chaussettes sont humides et le cuir de mes chaussures blesse mes pieds endoloris quand je les enfile.

Nous reprenons notre marche et rejoignons le point de départ de la voie de chemin de fer qui relie le bourg au tronçon de Beauvais à Amiens. La voie n'est plus desservie depuis 1939, mais le réseau craint que les Allemands s'en servent pour s'échapper et convoyer leurs dernières marchandises. Nous devons vérifier si les Allemands s'en sont emparés.

Nous abordons le bourg de Lihus et nous apercevons la flèche, la charpente en ardoises de l'église Notre-Dame de Lihus. Bizarrement, j'aimerais bien rentrer dans l'édifice, me poser pour me recueillir, mais je sais qu'il n'en est pas question. Nous avons pour consigne de contourner ce village sans nous faire remarquer. Avec Fufu, nous parlons peu. Il nous faut rester discrets. Les Allemands peuvent être partout et se trouver notamment sur les routes. Au fil de mes pas, mes pensées vagabondent. Je suis fatigué de ces longues marches à travers la campagne qui ont lieu régulièrement. Je n'ai plus la même endurance. Je réalise que je vieillis. Au détour d'un chemin, j'ai de plus en plus de mal à marcher. Mes pieds ampoulés me font atrocement souffrir, ils sont enflés et mes genoux aussi. Les blessures qui m'ont été infligées aux pieds, lors de ma détention à la Citadelle, n'ont jamais vraiment cicatrisé. Les godillots qui m'ont été donnés par le réseau sont de piètre qualité et le cuir épais blesse encore davantage mes pieds. Plus le temps passe et moins je les supporte.

Nous atteignons le bras de la rivière Le Thérain. Cette rivière, je la connais parfaitement. Elle traverse Songeons près de Gerberoy. Je m'y suis rendu très souvent avec Solange quand nous étions enfants et plus tard adolescents. Nous avons même célébré nos fiançailles au bord de l'eau avec nos familles. Je m'en rappelle, nous avons dansé au son de l'accordéon. C'est si loin, nous ne pensions pas que la guerre reviendrait nous frapper à nouveau.

Fufu et moi sommes épuisés. Nous décidons de faire une pause. Cette année, le printemps est clément et les températures sont de saison. Adossés à un talus, nous soufflons un peu. Nous observons l'eau de la rivière qui nous berce. Fufu aimerait bien faire une petite sieste. Cela ne me gêne pas. Je laisse alors mes pensées vagabonder.

Je me souviens des escapades avec ma famille et nos amis, auprès du plan d'eau de Sunset Lake, au sud de Braintree quand nous campions tous ensemble, les week-ends durant l'été. Je ressens la même sensation. Nous nous retrouvions et nous en profitions pour faire de la barque. Le soir, au coin du feu, nous passions du bon temps ainsi tous ensemble. Soudain, je réalise que si nous nous éternisons, nous allons nous endormir pour de bon. L'endroit n'est pas véritablement à couvert. De mon épaule, je secoue Fufu qui émerge. Il me dit :

– Toi, t'es pas sympa, il n'y a pas moyen que je me repose.

Je lui réponds :

– Nous ne sommes pas censés nous reposer à cette heure, il ne faudrait pas qu'on croise des Allemands en déroute.

Il se lève aussitôt en bâillant.

Nous décidons alors de nous séparer pour couvrir les deux versants de la rivière même s'il nous a été demandé de toujours patrouiller à deux. Fufu n'est plus tout jeune non plus et nous pensons qu'en se séparant, nous couvrirons plus de terrain et serons rentrés plus tôt chez nous. Nous nous comprenons tous les deux, même si nous ne nous parlons pas beaucoup.

Sur ce, nous nous saluons de la tête et convenons de nous retrouver à l'autre bout de la rivière, tout en restant sur nos gardes. Si nous croisons un convoi ou un campement allemand, ordre nous est donné de rebrousser chemin et d'alerter le plus rapidement possible de leurs positions.

Me retrouvant seul à parcourir les quelques kilomètres qui me séparent de Fufu, je n'ai qu'une idée, celle de me tremper les pieds. Ce n'est pas raisonnable, je le sais. En marchant et en longeant la rivière, je trouve l'endroit idéal : un morceau de rivière entourée d'une petite prairie sans herbes hautes. *Qui pourrait m'empêcher de me tremper les pieds ? Nous n'avons pas rencontré d'Allemands depuis notre départ.*

Qu'est-ce que je risque ? De toute manière, je n'en peux plus. Prendre quelques minutes pour délasser mes pieds ne me mettra pas davantage en danger. Mes pieds me le demandent. Je pense ne pas avoir le choix, du moins je le crois. Je pose mon barda et je me déchausse. Mes pieds sont quasiment en sang. Mes chaussettes, du moins ce qu'il en reste, ont collé aux plaies de mes pieds. La douleur est lancinante, je regrette aussitôt d'avoir enlevé mes chaussures. Mes pieds vont se mettre à gonfler et je n'ai qu'une solution, les tremper dans l'eau froide. J'avance dans l'eau qui recouvre mes chevilles. Quelle sensation ambivalente ! Je suis tiraillé entre la douleur que je ressens au contact de l'eau glacée sur mes plaies et le bonheur de l'eau qui s'écoule doucement sur mes pieds. Cela me fait penser instantanément à Morgan et à nos promenades le long de la rivière Concord. Je crois un instant entendre son rire lorsque nous approchions un peu trop près de l'eau et que je tentais de l'asperger.

Que ces moments simples et merveilleux me manquent !

Nostalgique et absorbé par mes pensées, je remarque quelques pissenlits et marguerites qui tapissent l'étendue d'herbe, cela me fait aussitôt penser à Jeanne qui aime tant les fleurs.

Pendant que je baigne mes pieds et que mon esprit vagabonde jusqu'à la rivière Concord, je n'entends pas arriver, à pas furtifs derrière moi, deux soldats. Les sens pourtant en éveil, je me retourne en levant instinctivement les bras. L'un de grande taille, le plus âgé, est armé d'un fusil et l'autre, trapu, n'a pas plus de vingt ans, il semble tout juste « *sorti des jupes de sa mère* » me dis-je. Tous les deux portent un casque avec une visière raccourcie et des uniformes défraîchis.

Je m'aperçois qu'ils ont quasiment l'âge de mes enfants. C'est alors que je me dis qu'il s'agit d'uniformes verts de soldats allemands. Ils doivent être en déroute, car le Débarquement a eu lieu depuis quelques jours. De son regard juvénile, mais effrayé, le plus jeune pointe directement son pistolet dans ma direction, il me semble qu'il s'agit d'un Luger. Les gars m'en ont montré un, dérobé à un Allemand, quand j'ai rejoint le réseau. Je me suis entraîné avec et je sais que c'est une arme de précision. Je comprends tout de suite que si je ne riposte pas, je vais y passer. Hélas, pieds nus dans l'eau avec mon pistolet resté sur l'herbe, près de mon paquetage, je ne risque pas de me défendre. J'avance lentement à petits pas, les bras toujours levés, pour les rassurer. Je leur fais signe de ne pas tirer. Le plus âgé hésite et pose la main sur le bras droit du plus jeune qui me met en joue. Ils se parlent, mais je ne comprends pas. Je fais alors des gestes lents. Le plus jeune, toujours effrayé, me tire dessus. Je ressens une douleur fulgurante dans mon flanc gauche, je titube, je ne pense pas pouvoir me relever et me battre. *Aurais-je le dessus ?* J'en doute fortement.

Les deux soldats se regardent. Le plus jeune, surpris d'avoir tiré et de m'avoir touché, enjoint d'un mouvement de tête le plus âgé à prendre la fuite par le chemin par lequel ils sont arrivés. Ils me laissent sur place. Je perds du sang je le sens, les battements de mon cœur s'accélèrent aussi, j'ai chaud. Je leur crie :

– Non ! Nein !

Mais rien n'y fait. Ils se retournent, m'observent et prennent définitivement la fuite. Je suis touché et je sais pertinemment que je vais avoir des difficultés à me relever pour rejoindre Fufu, à moins qu'il me retrouve. Mes forces me quittent. Je reste allongé, dos au sol et la face tournée vers le ciel, je ferme les yeux de douleur.

À présent, j'ai froid et tout mon corps tremble. Je sens que je perds beaucoup de sang. Je tente de me retourner sur le ventre, je gémis de douleur. Je prends une grande respiration et essaie de ramper. La douleur me coupe le souffle. Je me stoppe, respire un grand coup et rampe à nouveau. Je sais que je ne dois pas rester là, à découvert. J'ai peur que les deux soldats reviennent pour m'achever. En fait, je crains le pire.

Tout autour de moi des fleurs, c'est le printemps, j'ai oublié. Un tapis d'herbes hautes de chardons, du blanc des marguerites sauvages et du jaune des pissenlits m'entoure. Ces fleurs me rappellent bien des souvenirs.

Morgan qui tresse les tiges des fleurs pour en faire des couronnes qu'elle posait délicatement sur nos têtes en nous disant à chacun « *Mon cœur t'appartient* ».

Jeanne qui ne voulait pas, plus jeune, de couronne sur sa tête. Il lui arrivait alors de bouder. Je souris. Elle nous rétorquait alors de sa petite voix « *On ne cueille pas les fleurs !* » Elle continuait, mais je ne me souviens plus exactement ce qu'elle tentait de nous expliquer.

J'ai le tournis. Je cherche à humer le parfum de ces fleurs désespérément. Mon cœur ne bat plus lentement, je ne ressens plus cette atroce douleur. En fait, je ne ressens plus du tout mon corps. Seuls les pétales des fleurs s'agitent au vent. J'en distingue le pistil qui semble me saluer. Leur longue tige frémissante cherche à atteindre mon visage, j'imagine avec un sourire, pour m'apporter leur aide. Ma vue se brouille.

Malgré leur fragilité apparente, les fleurs sont bien plus fortes que les hommes. Je me dis qu'elles renaissent à chaque printemps. Je divague et m'émerveille en même temps. Devant tant de beauté, je souris et je comprends mieux Jeanne à présent, petite fille pleine de sagesse, qui est désormais une jeune femme, et mon Will, il fera, j'en suis certain, le bonheur d'une femme un jour.

Pensant à la force des fleurs et à leur ténacité à renaître à chaque printemps, je rampe sur mes coudes et, tant bien que mal, j'atteins mon barda. Je me saisis de mon pistolet et j'attends sans faire de bruit, même ma respiration me gêne. À part elle, il me semble ne plus rien entendre. J'enlève la sécurité de mon pistolet et j'attends encore. N'y tenant plus, je pose mon front sur mon barda et tente d'ouvrir les yeux, en vain.

Comme j'aimerais vivre à nouveau aux côtés de ma famille. Si j'avais été plus sage et raisonné, je n'en serais pas là. J'aurais dû réfléchir à deux fois avant de me baigner les pieds. Maintenant, j'ai l'impression de voler. Je survole mon corps et je m'en étonne. Pourquoi je ne sens plus mon corps ? Comment puis-je voir mon propre corps comme si j'étais placé au-dessus de lui ?
Ce corps qui est le mien et qui me semble, vu d'en haut, tout désarticulé et replié sur lui-même, frémissant de douleur alors qu'en fait, je ne ressens plus rien. Se pourrait-il que je sois mort ? Pourtant, je suis encore en vie. Je le sens. Je délire. Je suis aussi au bord de la nausée, le cœur à l'envers. Je sombre enfin dans un sommeil lourd et pesant. Je me perds, j'erre dans un long couloir, un tunnel sinueux et sombre, je titube. Plus rien, le vide, le néant, suis-je vraiment mort ? C'est ainsi que l'on meurt ? Mon esprit est embrouillé, plus rien, même pas une lumière. J'ai la sensation désagréable que c'en est fini pour moi.

Je trouve la force de me retourner sur mon flanc droit et j'entrouvre avec difficulté les paupières. Je soulève avec effort ma tête, je regarde le ciel couleur bleu nuit. Je me fais la réflexion qu'il y a très peu d'étoiles dans le ciel et qu'il ne fera certainement pas beau demain. Je pense très fort à ma femme Morgan et à mes grands enfants. Je suis triste de ne pas pouvoir les revoir. Mes pieds ensanglantés me coûtent la vie, je souris intérieurement à l'ironie du sort. *Les Allemands ne semblent pas revenir. Sont-ils tombés sur Fufu ? Que se passe-t-il ? Il devrait être déjà là.*

Avant de mourir, je revois ma vie passée, tous ces bons moments avec ma famille et mes amis. La douleur revient vive et chaude, je suis encore conscient, je suppose. Je revois la perte de ma fiancée Solange que je vais rejoindre, Morgan le grand amour de ma vie et mes enfants. C'est tellement injuste. J'ai une pensée émue pour mes parents, mon frère et ma sœur que je n'ai pas revus. J'ai quitté la France, par chagrin, au décès de Solange. Je vais quitter définitivement ce pays, pour toujours, dans le chagrin de laisser à nouveau ma famille. Pourtant, l'amour avait réussi à prendre le dessus sur la peine qui m'a habité une grande partie de mon existence. Malgré la douleur lancinante, j'éprouve encore en moi de la colère.

À présent, les forces m'abandonnent vraiment, je ferme les yeux et me laisse aller. Les images défilent toujours dans ma tête. Je savoure encore les souvenirs nombreux et heureux que j'ai partagés avec ma famille et mes amis. Je me mets de nouveau à délirer. Dans un soupir prolongé, j'attrape de ma main droite mon alliance accrochée à la chaîne autour de mon cou et la serre de toutes mes forces, du moins avec ce qu'il me reste. Je baigne dans mon sang. Une nuée de moucherons tournoie autour de ma blessure. C'est insupportable. Sans force, je ne peux les chasser de la main.

Je désire très fort que l'on me retrouve et que ma famille puisse m'enterrer en terre américaine et ainsi pouvoir faire son deuil. Je fais le vœu d'être enseveli auprès de mes arbres fruitiers. Je désire plus que tout être auprès des miens. Je divague et demande pardon à ma femme et mes enfants de ne pas avoir tenu ma promesse de revenir sain et sauf auprès d'eux. Je ne vieillirai pas avec eux. Je leur envoie tout mon amour. Mes enfants vont devoir soutenir leur mère encore jeune. Comme je m'en veux ! Je sais qu'ils seront un soutien pour leur mère. Ils pourront tous ensemble trouver du réconfort dans leur peine et reprendre en main leurs vies respectives tout en restant unis.

J'ai une pensée émue aussi pour Connor et sa famille. Je suis certain qu'ils soutiendront Morgan et mes enfants, car ils nous ont toujours considérés comme faisant partie de leur famille. Je ne verrai pas mes enfants vivre leur vie, je ressens une peine immense et j'en suis viscéralement désolé.

À nouveau, mon corps tout entier est secoué de spasmes. Au travers mes paupières, je vois, en expirant, le visage de ma femme qui me sourit tendrement, le visage de mes enfants aussi. Nous avons toujours été tellement reliés, Morgan et moi, par un fil invisible et continu que sans avoir besoin de nous parler, nous devinons toujours à l'avance ce que l'autre pense. Pauvre Morgan !

À mon tour, je lui envoie un sourire plein d'amour, mon plus beau sourire et à bout de forces, tout mon corps se relâche enfin.

Maintenant, j'ai peur que les deux soldats reviennent accompagnés d'autres soldats et me fassent prisonnier. On raconte que l'armée allemande achève les blessés après les avoir torturés ou bien les déporte en camps de concentration. Je ne sais pas l'heure qu'il est. Le jour commence à poindre. Je délire par la peur de mourir et j'imagine le pire. Je veux changer à nouveau de position, j'ai mal et je me retourne de tout mon poids. Je me retrouve sur le dos, ma tête a dû heurter une grosse pierre. Un instant, je sens sous mes doigts la terre humide, boueuse et cailouteuse du bord de la rivière. Une larme s'écoule de ma paupière gauche qui s'éternise sur ma joue pour se perdre dans mon cou. Cela me fait frissonner. Morgan me semble plus jeune soudain. Une musique me revient en tête que je tente en vain de fredonner. La musique « *The Japanese Sandman* » de Paul Whiteman. C'était notre mélodie ! Nous l'avons fredonnée maintes fois tous les deux quand nous prenions la voiture pour nous échapper en amoureux. Plus rien… Je dois être mort !

Pourtant, je me sens soulevé, bringuebalé, tiraillé de partout, je souffre. Mon corps n'est plus que douleurs et gémissements maintenant. Je perds le fil… J'ai l'impression que je ne suis pas seul. Je suis certain que Morgan, elle aussi, a deviné, à l'instant, que c'en est fini pour moi.

Mon cœur flotte vers Gerberoy, traverse l'Atlantique et continue sa route vers Braintree. Je me sens transporté.

C'est fini. J'ai vécu, j'ai été heureux même si la vie ne m'a pas toujours gâté, je lui en suis tout de même reconnaissant. J'ai un vœu unique. Celui que ma famille retrouve le bonheur, elle le mérite amplement et que cette stupide guerre prenne fin.

ÉPILOGUE
1945

Quand mes paupières s'ouvrent, je suis dans une chambre face à un mur. Tout est blanc.

Je vois à nouveau et remarque que je suis couché sur un lit à barreaux. Dans la pièce, juste un lit, moi et une chaise. *Où suis-je ?*

De ma main droite, je touche le drap blanc qui me recouvre, un drap rêche. Je distingue une jeune infirmière, tout est flou. Elle m'observe avec bienveillance et me demande :

– Mathieu, comment vous sentez-vous ?

Je lui réponds :

– Je suis mort ?

Elle me sourit et me répond que j'ai été blessé et que j'ai perdu beaucoup de sang. Transporté à l'Hôpital d'Amiens, j'étais inconscient à mon arrivée. L'équipe médicale pensait que j'allais mourir. Elle continue en me disant que j'ai sombré, plusieurs mois, dans un coma causé par une lésion cérébrale traumatique sans que mes fonctions vitales soient touchées :

– Vous avez perdu beaucoup de sang à votre arrivée.

Je lui demande soudain conscient de ce que j'ai traversé :

– Qui m'a trouvé ?

– Un certain Fufu a alerté deux autres garçons qui patrouillaient en voiture, ils vous ont trouvé gisant dos à la rivière, pieds nus et blessé, ils vous ont directement amené à l'hôpital en nous disant que vous vous appeliez Mathieu. Vous étiez inconscient et ils pensaient que vous étiez en train de mourir. Ils nous ont dit que vous ne méritiez pas de mourir loin de votre famille, nous n'avons pas bien compris d'où vous veniez.

Des bribes me reviennent, je me revois allongé près du lit de la rivière. Je me souviens aussi de l'impact de la balle qui a traversé mon corps, de la douleur que j'ai ressentie, de mon corps transporté, bringuebalé dans tous les sens.

Avec un sourire, l'infirmière me dévisage et ajoute :

– Vous allez beaucoup mieux maintenant et dès que nous aurons procédé aux derniers contrôles nécessaires, vous pourrez envisager de rentrer chez vous. Vous êtes affaibli Mathieu et ce serait le mieux pour vous de retrouver votre famille dès que vous serez remis.

Elle continue :

– Vous allez pouvoir retrouver votre famille si vous nous communiquez une adresse.

Je réfléchis un long moment avant de lui répondre, je reste méfiant. Mais l'infirmière ne me veut pas de mal, j'en suis certain. Son sourire est compatissant. Je lui réponds :

– Je n'ai pas de famille en France, ma famille est en Amérique, je l'ai quittée pour aller me battre et défendre ma patrie.

Elle ajoute :

– Votre courage a bien failli vous tuer Mathieu, vous êtes sain et sauf. Je vais me renseigner auprès du Médecin-Chef.

Le lendemain, le médecin vient à ma rencontre. C'est un jeune médecin. Il m'apprend que l'on est en janvier 1945 et que la guerre est terminée. La France est libre depuis quelques mois. Je n'en crois pas mes oreilles. Cela fait déjà beaucoup pour moi. Il me dit que je suis un dur à cuir, car j'ai survécu à une blessure par balle et à une lésion cérébrale traumatique causée par une chute et un choc émotionnel violent.

Il poursuit toujours en souriant et en posant une main sur mon bras :
– Nous avons appris que vous êtes de la région, vous êtes un enfant du pays ! Votre ami Fufu est passé souvent vous visiter. Il était bien désolé par votre état. Il s'est rendu chez votre voisine qui n'avait plus la clé pour rentrer chez vous. Votre ami nous a raconté qu'il a cassé un carreau et a pénétré chez vous pour trouver une adresse afin de contacter votre famille. Il a trouvé un emballage de colis provenant d'Amérique. Le réseau a aussitôt contacté votre famille. Vous savez, votre histoire a ému un officier de l'armée américaine qui a séjourné dans le service. Il parlait de vous proposer pour une médaille militaire et va se charger de votre rapatriement. Il est du Massachusetts comme vous. Il est souvent venu vous visiter lui aussi. Il vous parlait de son pays et prenait du temps à vous décrire le Cap Cod dont il est originaire. Je ne connais pas l'Amérique, mais j'aimais l'écouter vous raconter son pays. Il a été depuis, rapatrié, mais ne vous inquiétez pas, vous allez être évacué vers le Havre. Il a mandaté un sergent qui lui aussi a été blessé il y a quelques semaines. Il est à présent guéri et rentre chez lui, il va vous prendre en charge. D'ici la fin de la semaine, vous allez prendre le bateau pour New York avec lui et vous allez retrouver votre femme qui vous attend avec impatience, j'imagine.

Je n'en reviens pas. J'apprends aussi que le Débarquement a bien eu lieu le 6 juin 1944. L'Opération Overlord a organisé le pilonnage incessant des tirs de bateaux, le bombardement intensif des avions et en parallèle le parachutage de commandos américains et britanniques. Les résistants ont, eux aussi, fait leur part en réalisant de nombreux sabotages. Néanmoins, beaucoup ont trouvé la mort.

Le médecin poursuit en me relatant que non loin de Beauvais, à Cauvigny, fin août 1944, alors que les Forces alliées se trouvaient aux portes de l'Oise, un détachement allemand a encerclé le petit hameau de Château rouge dont il est originaire. En représailles de la capture de deux soldats allemands cachés dans un local administratif et dont ils ont réussi à s'échapper en détruisant le local à l'aide de grenades incendiaires, le hameau a été rapidement cerné par un détachement de SS. Vingt hommes ont alors été désignés comme otages et ont été massacrés sur place, devant leurs familles. Caché dans les bois, le groupe de résistants n'a pas ouvert le feu au risque de mettre en péril les civils rassemblés, des femmes et des enfants terrifiés. Le médecin arrête son récit. Je sens qu'il est très ému et il ne m'en dit pas davantage. Son récit semble l'avoir exténué. Il sort son mouchoir et le passe sur ses yeux.

C'est l'infirmière qui termine en m'apprenant qu'en pleine débâcle, les Allemands se sont vengés sur les villages et villes qu'ils ont traversés en remontant en direction du front, sur la côte Atlantique. Pour se protéger, ils n'ont pas hésité à emmener avec eux des civils à bord des trains. Cela a compliqué la tâche des commandos chargés d'éliminer les Allemands en déroute lors des opérations de sabotage. Certains officiers allemands ont même revêtu des vêtements civils pour échapper aux représailles des Français.

Elle ajoute que très rapidement, une chasse aux Allemands et aux collaborateurs a eu lieu : pendaisons, exécutions sommaires, tontes, lynchages et arrestations ont été le quotidien de la population, dans la France entière après la Libération du pays, et ce jusqu'à l'Ordre républicain proclamé en août 1944 par le Général de Gaulle. Elle poursuit en me disant qu'à l'heure actuelle, la population panse ses plaies, pleure ses morts et cherche à aller de l'avant. Je n'en reviens toujours pas, tout est confus dans ma tête.

Le jour qui suit, je reçois la visite de Fufu, mon compagnon de route lors des patrouilles. Il est heureux de me revoir et en vie. C'est lui qui a trouvé le carton du colis dissimulé de Morgan et c'est le réseau qui s'est chargé d'une missive à ma famille. Fufu s'assoit sur le bord du lit et me raconte les évènements. Il me relate entre autres l'arrestation de l'épicier qui était certainement un collabo. Il aurait approvisionné les Allemands à plusieurs reprises, mais rien n'est sûr, tout a été très vite. À présent, tous s'improvisent résistants.

À la nuit tombée, allongé sur mon lit, je pense que je vais pouvoir enfin revoir ma famille qui a dû se faire beaucoup de soucis. Plongé dans mes pensées, je regarde le quartier de lune qui semble me sourire. Je suis confiant. Je m'apprête à tous les retrouver. Maintes fois, j'ai frôlé la mort de près, mais suis vivant et suis prêt, à présent, à entamer une nouvelle vie avec Morgan et mes enfants. À Morgan, je dirai :

– *Tu m'as manqué mon cœur, j'ai tenu ma promesse, je suis là mon Amour, sain et sauf, près de toi.*

Il me tarde de la retrouver.

Le passé appartient désormais au passé.

FIN

SEPTEMBRE 1919

Depuis quelques mois, la grande Guerre est finie
Mais une épidémie longue et mortelle sévit.
Confiant, je décide de tout quitter,
Mes habitudes, ma ville, mes amis et mon métier.

Baluchon sur l'épaule et bien déterminé,
Je brûle mes papiers pour m'effacer et recommencer.
Je me fonds dans le décor, je m'éloigne de mes racines
Et m'engage dans une vie clandestine.

Le monde va mal, la grippe espagnole a emporté ma femme
Que j'aimais de toute mon âme.
Malheureux, je quitte mon pays sans attache, sans enfant.
La maladie m'a épargné et j'en suis reconnaissant.

C'est ainsi, le large et l'horizon m'appellent, je le sens.
Un bateau m'emmène vers de lointains rivages,
Je vais poser le pied sur un sol étranger, avec courage.
Le grand Continent ! Où la langue m'est encore inconnue.

À la recherche de mon salut,
J'espère trouver un monde en paix,
Après ces événements qui ont marqué ma vie à tout jamais.
J'accoste sur le nouveau continent, un peu perdu, impuissant.

La vie n'y est pas facile et j'erre longuement, dans un pays immense,
À la recherche d'un lopin de terre prospère et fertile,
Je travaille dur à la tâche, courageux et habile.
Pour y vivre en paix, j'aspire à un nouveau foyer et à une descendance.

Octobre 2022

L'AUTEUR

Sylvie Garoux aime les mots depuis toujours. Ceux qui racontent, qui traversent le temps.

Adolescente, elle remplissait déjà des pages, puis l'âge adulte l'a un peu éloignée de l'écriture.

C'est le dessin qui la ramène à la création.

En 2021, elle reprend ses crayons et, l'année suivante, elle donne vie à « Les Aventures de Capucine, bêtises et gourmandises », une bande dessinée espiègle et tendre.

Parallèlement, elle joue avec les rimes sur son blog d'écriture, où naît « Septembre 1919 », un texte qui l'habite et qui, peu à peu, prend l'ampleur d'un roman.

Aujourd'hui, Sylvie publie son premier roman, « ON NE CUEILLE PAS LES FLEURS », dans lequel elle fait voyager ses lecteurs à travers la première moitié du XXe siècle, entre la France et les États-Unis. On y retrouve son amour des détails, des destins qui s'entrelacent et des échos du passé qui résonnent au présent. Sylvie y déploie cette écriture qu'elle chérit, imagée et sensible, où chaque mot est choisi avec soin.

Une plume plus vive que jamais qu'elle souhaite aujourd'hui partager avec ses lecteurs.

REMERCIEMENTS

Un grand merci à Claude, Élodie, Christiane, Gianni, Morgane, Sandrine, Benjamin, Fabienne, Liliane, Geneviève, Joanna, Angela et Christophe B. pour vos conseils pertinents et précieux, votre soutien et vos encouragements tout au long de l'écriture de mon roman.

J'ai une pensée pour la petite Jeanne, Fufu, Christiane et Lucien qui ont accepté d'être source d'inspiration pour mes personnages, ainsi que Claude et Morgane !

Je rends un hommage à mes défunts, Gisèle et Pierre ainsi qu'à Alfred.

L'Office du tourisme, la mairie de Gerberoy, M. Heveraet, les jardins Le Sidaner, les Gerboréens pour leur accueil, pour le temps qu'ils m'ont accordé à me partager l'histoire de leur si beau village.

Sans toutes ces personnes proches ou rencontrées au hasard, je pense que ce roman n'aurait pas vu le jour.
Encore Merci à tous !

TABLE DES MATIÈRES

JE ME SOUVIENS 13
RÉMINISCENCE 17
    PREMIER AMOUR 1910 à 1917 19
    LE NOUVEAU CONTINENT 1918 à 1919 25
    NOUVELLES AMITIÉS 1920 53
LE BONHEUR À PORTÉE DE MAIN 59
    LES ANNÉES BONHEUR 1921 à 1928 65
    LA GRANDE DÉPRESSION 1929 à 1932 99
    LES ANNÉES SOMBRES 1933 à 1936 105
    LES HEURES SOMBRES 1941 115
RETOUR EN FRANCE 1941 119
    ENGAGEMENT Prise de contact avec la Résistance 133
    DISTRIBUTION DE TRACTS À SONGEONS 137
    ANDREW LE PARACHUTISTE BRITANNIQUE Février 145
    LE VOL DES TICKETS DE RAVITAILLEMENT ET LA LISTE DES OUVRIERS DÉSIGNÉS POUR PARTIR TRAVAILLER EN ALLEMAGNE 155
    SABOTAGE PONT ET VOIE FERRÉE 1943 167
    PARACHUTAGE D'ARMES 173
    CONVALESCENCE 195
    LES PATROUILLES 1944 197

ÉPILOGUE 1945 209
SEPTEMBRE 1919 215
L'AUTEUR 217
REMERCIEMENTS 219
TABLE DES MATIÈRES 221